BASTEI
LÜBBE

Aus der Taschenbuchreihe DR. STEFAN FRANK sind nachstehende Romane erhältlich. Fragen Sie im Buch- oder Zeitschriftenhandel nach diesen Titeln:

---

53 001 Die Unbekannte von Zimmer 5
53 002 Die Tochter des Chefarztes
53 003 Der falsche Frauenarzt
53 004 Jünger als seine Frau
53 005 Leben, um geliebt zu werden
53 006 Das Gewissen einer Frau
53 007 Maria
53 008 Die Affäre Ricarda F.
53 009 Freispruch für eine Geliebte
53 010 Schicksal einer Namenlosen
53 011 Wer Wind sät . . .
53 012 Beichte einer Mutter
53 013 Vergiß, was gestern war
53 014 Gefangene der Liebe
53 015 Romanze in der Dämmerung
53 016 Die Frau mit den traurigen Augen
53 017 Das zweite Glück der Ulla S.
53 018 Entscheidung um Mitternacht
53 019 Frühlingsträume im September
53 020 Die Frau, mit der alle Mitleid hatten
53 021 Das Geheimnis einer Ehe
53 022 Nachts auf der Kinderstation
53 023 Der Seitensprung
53 024 Ihre einsamen Nächte
53 025 Frau zwischen zwei Feuern
53 026 Der Arzt, die Liebe und der Tod
53 027 Diagnose: Ehekrise
53 028 Der gefallene Engel
53 029 Nach jener Nacht auf Mallorca
53 030 Der jüngere Mann
53 031 Sünderin aus Liebe
53 032 Annettes Baby
53 033 Die Nächte der Dr. Katja Nolden

Dr. Stefan FRANK

Beichte einer Geliebten

Arztroman

BASTEI-LÜBBE-TASCHENBUCH
Dr. Stefan Frank
Band 53 034

Erste Auflage: Juni 1988

Titelfoto: J. R. Brown
Umschlaggestaltung: Quadro-Grafik, Bensberg
Satz: Fotosatz Steckstor, Bensberg
Druck und Verarbeitung: Ebner Ulm
Printed in Western Germany
ISBN 3–404–53034–9

Der Preis dieses Bandes versteht sich einschließlich
der gesetzlichen Mehrwertsteuer.

1

Innerhalb weniger Minuten zogen Wolken auf und verdüsterten den Himmel südlich von München. Windböen griffen nach Handtüchern, Plastikbechern, nach Wasserbällen und Wäschestücken. Das Unwetter brach so plötzlich herein, daß der Strand an der Isar noch voller Menschen war, als die ersten dicken Tropfen fielen.

Verena war so selbstvergessen geschwommen, daß sie so ziemlich die letzte war, die ihre Sachen zusammenraffte. Sie wollte sich – wie viele andere – unter den nahen Büschen und Bäumen in Sicherheit bringen, doch zwei lange Blitze, die im Süden unmittelbar nacheinander über den Himmel zuckten, und das dumpfe Donnergrollen, das wenig später folgte, ließen sie ihren Plan ändern.

Verena hatte nicht unbedingt Angst vor Gewittern; aber ein Jahr zuvor war eine ehemalige Schulfreundin von ihr vom Blitz getroffen und tödlich verletzt worden. Daran mußte sie jetzt wieder denken.

Sie lief zur Straße hinauf, immer noch in ihrem knappen, zweiteiligen Bikini, in der linken Hand die Badetasche, unter dem rechten Arm die übrigen Sachen, die sie zusammengerafft hatte.

Mit dem Fahrrad würde sie etwa zehn Minuten bis nach Hause brauchen. Nasser als sie bereits war, konnte sie nicht werden. Falls sie also nicht vor dem Ziel vom Blitz getroffen wurde, gab es keine Probleme.

Wo stand bloß das verflixte Rad? Der Regen rauschte jetzt so dicht vom Himmel, daß die Sicht nur wenige Meter betrug. Verena lief ein Stück die Straße entlang. Ihre Füße versanken bis zu den Knöcheln in Matsch und Wasser. Spontan schlug sie einen Bogen, um der tiefsten Stelle auszuweichen.

Da war plötzlich das Licht von Autoscheinwerfern direkt vor ihr. Blockierende Räder verursachten in dieser ganzen unwirklichen Atmosphäre ein Geräusch, das in Verenas Ohren wie der Schrei eines unbekannten Tieres klang.

Sie ließ ihre Badetasche fallen und streckte die freie Hand instinktiv zum Schutz aus. Doch glücklicherweise kam der Wagen knapp vor ihr zum Stehen. Die Fahrertür wurde aufgestoßen, und ein junger Mann sprang heraus, der erschrocken rief:

»Sind Sie verletzt? Ist etwas passiert?«

»Nein, nein, alles in Ordnung. War ja meine Schuld.«

»Mein Gott, Sie sind klatschnaß!«

Mit trockenem Humor gab Verena zurück: »Ich komme aus der Isar.«

Andreas ging auf sie zu, ohne auf den Regen zu achten, der auch seine Kleidung rasch durchnäßte. »Kann ich Ihnen irgendwie helfen?« wollte er wissen.

»Nein, danke. Ich suche mein Fahrrad.« Ein greller Blitz zuckte über den nachtschwarzen Himmel, unmittelbar vom heftigen Krachen des Donners gefolgt. Verena zog den Kopf tief zwischen die Schultern.

»Sie können bei dem Wetter doch nicht mit dem Fahrrad fahren. Steigen Sie ein. Wohin wollen Sie denn?« Andreas lief rasch zur anderen Seite des Wagens und öffnete die Tür.

»Nach Grünwald.«

»Dann haben wir sowieso das gleiche Ziel.«

Verenas Zähne klapperten. Sie widersprach nicht, sondern stieg in den engen, niedrigen Sportwagen ein. Im nächsten Moment saß Andreas wieder hinter dem Lenkrad.

»Sie frieren, was?«

»Nein, es ist die Angst«, antwortete sie aufrichtig.

»Die können Sie jetzt vergessen. Im Wagen sind Sie sicher.«

»Ich weiß.« Verena nickte. »Ein allseitig geschlossenes Fahrzeug wirkt wie ein Faradayscher Käfig.«

Andreas mußte lachen. »Ich wette, Sie haben den letzten Physikunterricht noch nicht lange hinter sich.«

»Noch nicht sehr lange.« Sie stimmte in sein Lachen ein. Er war nett – trotz des teuren Sportwagens, den nach Verenas Ansicht nur Leute fuhren, die damit anderen imponieren wollten.

»Haben Sie nichts Trockenes mit?«

»Doch. Aber mein Badetuch ist klatschnaß. Haben Sie Angst, daß ich Ihnen die Polster versaue?«

Er winkte ab. »Greifen Sie mal nach hinten. Da liegt eine Decke.«

»Danke.« Sie hüllte sich in das weiche Plaid, das farblich auf die Innenausstattung des Wagens abgestimmt war.

»Wohin darf ich Sie bringen?«

»In die Hubertusstraße.«

»Das ist ja ganz in meiner Nähe. Sie wohnen noch nicht lange dort, oder?«

»Wie man's nimmt. Ich bin da geboren.«

»Nicht zu fassen! Wieso sind wir uns nie begegnet? Ich wohne in der Gabriel-von- Seidl-Straße.«

»Aber noch nicht lange?«

»Wie man's nimmt: Ich bin dort geboren.«

Diesmal lachten beide. Sie verstanden sich auf Anhieb.

»Ich habe mich noch nicht vorgestellt«, erinnerte sich Andreas plötzlich seiner guten Manieren. »Ich heiße Andreas Kellermann.«

Wie förmlich er sein kann, dachte Verena, während sie ihren Namen nannte. Aus was für einer altmodischen Familie der wohl stammen mag?

»Köllner?« Andreas bedachte sie mit einem raschen

Seitenblick. Obwohl er langsam fuhr, brauchte er seine ganze Aufmerksamkeit, denn das Wetter war unverändert miserabel. »Es gibt doch einen Maler namens Köllner.«

»Anton Köllner ist mein Vater. Beschäftigen Sie sich mit Malerei?«

»Kaum. Ich verstehe nichts davon.«

»Seltsam, daß Sie trotzdem von Vater gehört haben.«

»Sein Name wurde irgendwann, irgendwo erwähnt. Ich glaube nicht, daß ich je eines seiner Bilder gesehen habe. Jedenfalls nicht bewußt.«

Seine Ehrlichkeit gefiel Verena. Er war wirklich nett, trotz des stinkteuren Wagens und der protzigen Uhr an seinem Handgelenk, die vermutlich ein kleines Vermögen gekostet hatte.

»Sie werden sich eine Erkältung holen«, befürchtete Andreas.

»Ach was!« Verena winkte ab. »Ich bin nicht empfindlich.«

Keine zwei Minuten später stoppte er vor dem Haus an der Hubertusstraße, das heruntergekommen wirkte und in seiner selbst bei diesem Unwetter erkennbaren Schäbigkeit ganz und gar nicht in das sonst so vornehme Grünwald passen wollte.

Verena bedankte sich und begann, sich aus dem Plaid zu schälen.

»Lassen Sie das!« sagte Andreas. »Nehmen Sie die Decke ruhig mit.« Er lächelte: »Ich hole sie mir ab, wenn sie trocken ist.«

»Aha«, war alles, was Verena dazu im Moment einfiel.

Andreas ließ es sich nicht nehmen, ihre Badetasche bis zur Haustür zu tragen.

»Wollen Sie nicht reinkommen?«

»Ich würde sehr gern, aber es geht jetzt nicht.« Er warf einen Blick auf die Uhr an seinem Handgelenk. –

»Ich habe eine Verabredung und bin schon zu spät dran. Aber wenn die Einladung auch morgen noch gilt ...«

»Warum denn nicht? Also dann bis morgen. Und nochmals vielen Dank.«

Das Lächeln lag noch auf Andreas' Gesicht, als er längst wieder im Wagen saß und weiterfuhr. »Verena Köllner«, murmelte er. »Was für ein Prachtstück. Wieso ist die mir nie aufgefallen? Dabei hätten wir uns schon als Kinder kennenlernen können.«

Doch Andreas wußte, daß das sehr unwahrscheinlich gewesen wäre.

Denn was hatten die reichen, angesehenen Kellermanns mit einem armen Schlucker, einem weitgehend erfolglosen Maler, zu schaffen?

Unwillkürlich dachte er an seine Eltern. Er wußte, daß sie so urteilen würden. Henriette und Hubert Kellermann hielten nichts davon, unterschiedliche Gesellschaftsschichten miteinander zu mischen. Sie waren überzeugt davon, daß die Menschen am zufriedensten seien, wenn jeder an dem ihm vom Schicksal zugewiesenen Platz blieb.

Anton Köllner war jetzt fünfzig Jahre alt, aber es gab kaum jemanden, der ihn auf dieses Alter geschätzt hätte. Sonderbarerweise wurde er immer entweder für jünger oder für älter gehalten. Die einen urteilten eben nach Antons sehr lebendigen, stets neugierigen Augen und seinen lebhaften Bewegungen, die anderen nach den zahllosen Falten und Furchen, die das Leben in sein Gesicht gegraben hatte.

Anton lehnte am Rahmen der Küchentür und unterhielt sich mit seiner Tochter. Sie hatte sich den nassen Badeanzug ausgezogen, heiß geduscht, sich von Kopf bis Fuß abfrottiert und sich in einen warmen Bademantel gehüllt. Jetzt stand sie am Herd und machte Wasser für einen Tee heiß.

»Ich wußte gar nicht, daß du an der Isar warst, Rena.« Er hatte sie nie bei ihrem richtigen Namen genannt.

»Weil du nie zuhörst, wenn man dir etwas sagt«, gab Verena zurück. Sie war bei ihrem Vater daran gewöhnt, es regte sie nicht auf. Höchstens – ein wenig – wenn Anton mal wieder eine Verabredung oder Vereinbarung mit seinem Galeristen oder einem der wenigen Sammler vergessen hatte.

»Wie bist du eigentlich nach Hause gekommen? Mit dem Rad?«

»Andreas hat mich gebracht.«

»Was für ein Andreas?«

»Kellermann.«

»Kenne ich den?«

»Das glaube ich kaum. Ich kannte ihn ja auch nicht. Aber er wußte, wer du bist. Er gehört zu den Kellermanns drüben in der Seidl-Straße.« Unter der Dusche war Verena eingefallen, was sie hier und da über diese Familie gehört hatte.

»Die sollen ja Geld wie Heu haben.« Anton sagte das gleichmütig. Geld bedeutete ihm nichts, auch wenn – oder weil? – er fast nie welches hatte.

»Andreas wirkt ein bißchen steif, aber er ist ganz nett, soweit ich mir nach so kurzer Zeit ein Urteil erlauben kann.«

»Hoffentlich hast du dir keine Erkältung geholt.«

Verena mußte lachen. »Wenn es in dem Wagen nicht so eng gewesen wäre, hätte ich die nassen Sachen aus- und trockene angezogen. – Möchtest du auch einen Tee, Vater?«

»Deshalb stehe ich doch immer noch hier«, gab er zur Antwort.

»Ich bring' dir deine Tasse ins Atelier hinüber.«

Kaum hatte sie das Versprechen wahrgemacht, da

läutete das Telefon. Sie nahm ab und meldete sich.

»Ich bin's. Andreas Kellermann.«

»Oh, hallo.«

»Ich bin schon fertig mit meiner Besprechung, und nun ist mir eingefallen, daß Ihr Fahrrad noch dort draußen steht.«

»Ja, und?«

»Sie wollen sicher nicht, daß es gestohlen wird.«

»Nein. Aber die alte Mühle nimmt bestimmt niemand mit«, erklärte Verena. Sie freute sich über den Anruf. Und amüsierte sich über die Ausrede, die Andreas sich dafür hatte einfallen lassen.

»Ich könnte es abholen und Ihnen bringen«, schlug er vor. »Sie müßten mir nur eine Beschreibung geben. Vermutlich sind vorhin bei dem Unwetter noch mehr Fahrräder da draußen stehengeblieben.«

»Ach, lassen Sie doch . . .«

»Oder kommen Sie mit?« machte Andreas einen anderen Vorschlag. »Dann brauchen Sie mir die ›alte Mühle‹ nicht zu beschreiben.«

»Und womit, bitte, wollen Sie das Rad transportieren?«

»Mit meinem Wagen selbstverständlich.«

»Unmöglich!«

»Absolut nicht. Ich hab' einen Transportständer hinten drauf.«

Verena ließ sich schnell überreden. Sie hatte nichts dagegen, Andreas schon so bald wiederzusehen. Seine Eile schmeichelte ihr ein wenig.

Die dunklen Wolken waren verschwunden, die Spätnachmittags-Sonne schien, und von den nassen Straßen stieg Dampf auf.

»Du bist schon wieder weg?« fragte Anton, als seine Tochter ins Atelier kam, um sich zu verabschieden.

»Andreas hat angerufen, aus Sorge um mein einsames Fahrrad«, gab sie todernst zur Antwort.

Anton mußte lachen. Er hatte aufgehört, seine Tochter vor den Männern zu warnen, als sie achtzehn geworden war. Er wußte, daß sie selbst auf sich aufpassen konnte – und daß sie im Zweifelsfall ohnehin immer tat, was sie für richtig hielt.

Andreas war fasziniert von dem Geschöpf, das er vorhin da draußen im Regen beinahe überfahren hätte. Er hatte sich nicht auf das Gespräch mit den Leuten in der Versuchswerkstatt konzentrieren können. Verenas Bild war ihm immer wieder dazwischengekommen. Eigentlich hätte er jetzt noch einmal hinaus zum Fertigungsbetrieb fahren sollen, doch das verschob er auf den nächsten Tag. Er war einfach neugierig. Einmal wollte er wissen, wie sie aussah, wenn sie nicht gerade klatschnaß war. Und dann wollte er natürlich auch mehr darüber in Erfahrung bringen, wie sie lebte.

Als er vor dem wirklich stark heruntergekommenen Haus an der Hubertusstraße stoppte, kam Verena ihm bereits entgegen. Er stieg aus. Seine ganze Haltung verriet, daß er sich sehr über das rasche Wiedersehen freute.

»Ihre Decke ist noch nicht trocken«, empfing sie ihn.

Andreas winkte ab. »Die Decke ist wirklich nicht wichtig.« Höchstens als Vorwand, morgen oder übermorgen erneut herzukommen, setzte er in Gedanken hinzu.

Verena ging zum Heck des Wagens und betrachtete die dort angebrachte Halterung.

»Hm«, meinte sie skeptisch, »glauben Sie wirklich, daß mein Rad da draufpaßt?«

»Kein Problem. Vorne im Kofferraum sind Lederriemen zum Festzurren.«

»Ihre Besprechung hat ja nicht lange gedauert«, stellte Verena fest, nachdem sie eingestiegen waren.

»Ehrlich gesagt, ich hatte plötzlich keine Lust mehr auf Arbeit.«

»Sie arbeiten so ganz richtig?« Verenas Stimme enthielt eine gehörige Portion Spott.

»Allerdings. Und ich tu' das zusätzlich zum Studium.«

»Was studieren Sie?« Verena fragte mit der größten Selbstverständlichkeit. Sie hatte nie viel davon gehalten, Neugier zu kaschieren.

»Maschienenbau.«

»An einer Fachhochschule?«

»Nein, an der TH in München.«

»Ich nehme nicht an, daß Sie sich das Geld fürs Studium selbst verdienen müssen.«

»Nein, das muß ich nicht.« Ihr Interesse gefiel ihm. »Wir haben eine Fabrik für feinmechanische Apparate, unten bei Straßlach. Mein Vater hat sie vor einigen Jahren gekauft, und ich kümmere mich jetzt um die Produktion.«

»Was Sie nicht sagen!«

»Zu der Fabrik gehört auch eine Versuchswerkstatt in Grünwald. Dort hatte ich die erwähnte Besprechung.«

»Ich bin beeindruckt.«

»Ach, ich habe eher den Eindruck, daß Sie mich nicht ernst nehmen.«

Verena lachte übermütig. »Legen Sie so großen Wert darauf, daß man Sie ernst nimmt?«

Zu seiner eigenen Verwunderung antwortete Andreas nicht spontan, sondern dachte erst einmal über die Frage nach. Das dauerte etwa einen Kilometer. Dann sagte er:

»Ich glaube schon, daß es wichtig für mich ist. Aber es kommt immer darauf an, wer mich ernst nimmt – oder nicht. Von Ihnen möchte ich nicht ausgelacht werden.«

»Ich bin weit davon entfernt, Sie auszulachen.« Als sie das sagte, war Verena in der Tat vollkommen ernst.

Aber jetzt brach Andreas in belustigtes Lachen aus, als er sie von der Seite ansah.

»Was treiben Sie denn so, wenn Sie nicht gerade im Gewitterregen herumlaufen?«

»Nicht sehr viel. Ich versorge meinen Vater, und ich zeichne ein bißchen.«

»Sie sprechen immer nur von ihrem Vater ...«

»Meine Mutter lebt nicht mehr.«

»Oh, das tut mir leid.«

»Sie ist schon vor mehr als zehn Jahren gestorben. Es ist traurig, aber es ist keine offene Wunde mehr.«

Andreas lauschte ihrer Stimme nach, die einen anderen Klang bekommen hatte. Er dachte: Es gibt Dinge, über die sie nicht sprechen mag, so offen und unbekümmert sie sich auch gibt.

»Da drüben steht mein Fahrrad.«

Er stoppte und fragte sie: »Was zeichnen Sie?«

»Ach, das ist nicht der Rede wert.« Sie winkte ab.

»Haben Sie eine entsprechende Ausbildung? Oder hat Ihr Vater Ihnen das Zeichnen beigebracht?«

»Vater? Ganz bestimmt nicht.« Die Vorstellung brachte Verena zum Lachen.

»Aber er ist doch Maler.«

»Eben drum. Vater hat ein einziges Mal ernsthaft versucht, mir etwas zu verbieten, nämlich den Besuch der Kunsthochschule.«

»Sie haben also Kunst studiert.«

»Ich habe angefangen, aber nicht durchgehalten«, gab sie leise zur Antwort. Was sie nicht verriet: Die schiere wirtschaftliche Notwendigkeit hatte sie daran gehindert, ihr Studium zu beenden. Statt ihrem Vater auf der Tasche zu liegen, mußte sie Geld verdienen. Für den Haushalt kam sie inzwischen meist alleine auf. Ihr ganz eigener Strich beim Zeichnen war bei verschiedenen Werbeleuten geschätzt, und wenn die Aufträge auch nicht gerade hereinströmten, gab es doch immer wieder etwas zu tun. Doch darüber wollte Verena jetzt nicht sprechen. Sie fand, daß das niemanden etwas anginge.

Sie hatten das Fahrrad in langsamer Fahrt nach Grünwald zurückgebracht. Von Verenas Vorschlag, es nach Hause zu fahren, hatte Andreas nichts wissen wollen. Sie hatte ihn ausgelacht.

Hatte gelacht, wie man es eben tut, wenn man einen anderen durchschaut.

Andreas war rot geworden.

Doch inzwischen war seine Selbstsicherheit zurückgekehrt.

Er sagte: »Sie gefallen mir.«

»Sie gefallen mir auch«, erwiderte Verena ohne irgendeinen Anflug von Verlegenheit.

»Ich kenne niemanden, der so ist wie Sie.«

»Wie bin ich denn?«

»So – natürlich. So geradeaus. Ich glaube, Sie sagen immer, was Sie denken. Und Sie tun, was Sie wollen.«

»Niemand kann das immer. Aber ich versuche es. Sie etwa nicht?«

»Ich bin mir da nicht so sicher«, gestand Andreas. »Ich schließe wohl ziemlich häufig Kompromisse.«

»Das tu' ich auch, wenn es sich nicht vermeiden läßt.«

»Aber ich tu's auch dann, wenn es eigentlich zu vermeiden wäre.«

»Warum?« fragte Verena sachlich.

»Weil das so üblich ist – in meiner Umgebung.«

»In Ihren Kreisen«, korrigierte sie mit gutmütigem Spott. »So kann man es auch ausdrücken«, gab Andreas zu.

»Sie heulen also mit den Wölfen.«

»Leider – manchmal.«

»Aber wenn Sie sich selbst daran stören, können Sie's doch ändern. Oder nicht?«

»Versuchen könnte ich's jedenfalls. Bis heute habe ich eigentlich noch nie so richtig darüber nachgedacht.«

»Dann habe ich Sie erst darauf gebracht? In Verenas graublauen Augen tanzten lustige kleine Flämmchen.

»Es ist tatsächlich so: Sie bringen mich zum Nachdenken.« Er wollte keine großen Worte machen. Deshalb sagte er nicht, daß die Begegnung mit Verena begonnen hatte, sein ganzes Weltbild durcheinanderzubringen. Er hätte das ja auch gar nicht sachlich und logisch begründen können. Bis jetzt war es eigentlich nicht mehr als ein Gefühl.

Verena wollte sich verabschieden. In Andreas' Augen stand plötzlich deutliche Enttäuschung. »Müssen Sie wirklich schon gehen?«

»Sie können ja mit hineinkommen. Es wird Zeit, daß ich mich ums Abendessen kümmere.«

»Was wird Ihr Vater sagen?«

»Keine Ahnung. Wahrscheinlich nimmt er Sie gar nicht zur Kenntnis. Um diese Zeit ist er meistens vollkommen in seine Arbeit versunken. Da könnte man eine Kanone direkt vorm Atelier abfeuern, ohne daß er's merkte.«

»Dann ist doch aber das Abendessen auch nicht so eilig«, gab Andreas zu bedenken.

»Ehrlich gesagt, das war auch nur ein Vorwand.«

»Sie wollen mich also los sein?« fragte er enttäuscht.

»Seien Sie bloß nicht gleich eingeschnappt.«

»Nein.«

»Beleidigte Leberwürste mag ich überhaupt nicht.«

»Ich bin keine beleidigte Leberwurst.«

Verena blickte ihn scharf und prüfend an. Sie kam zu dem Schluß, daß er die Wahrheit sagte.

Andreas begleitete sie ins Haus. Verena öffnete die Tür zu dem nach Norden gelegenen Atelier, das mehr als die Hälfte des Erdgeschosses einnahm. Anton Köllner stand vor seiner Staffelei und ließ sich nicht stören. Offenbar bekam er tatsächlich nicht mit, daß ihn zwei Augenpaare ansahen.

Verena merkte, daß Andreas neugierig war. Sie zeigte ihm das Haus. Mittendrin stellte sie fest: »Es kommt Ihnen bei uns alles etwas chaotisch vor, stimmt's?«

»Nun ja . . .«

»Dabei hab' ich momentan alles ganz gut im Griff. Es gibt Zeiten, da sieht es hier so aus, daß ich selbst einen Kompaß brauche, um mich zurechtzufinden.«

Andreas lachte.

»Sie glauben mir nicht? Es ist aber so. Mein Vater ist ein Weltmeister im Beseitigen jeder Ordnung.« Sie schnitt eine kleine Grimasse. »Ich bin aber leider absolut keine Weltmeisterin im Aufräumen. – Warum starren Sie mich so an?«

Andreas stammelte eine Entschuldigung.

»Wie ein ertappter Sünder«, sagte Verena kopfschüttelnd. »Was haben Sie denn?«

»Sie bringen mich durcheinander. Total.«

»Ach was. Früher hat man sowas wie Sie Süßholzraspler genannt.«

Andreas kannte den Ausdruck und grinste. »Ich rasple nicht. Großes Ehrenwort!«

»Ich bringe Sie also durcheinander. Für Sie bin ich vermutlich eine ziemlich exotische Erscheinung?«

»Also, ich würde es nicht so ausdrücken . . .«

»Ich kann mir gar nicht vorstellen, wie es bei Ihnen zu Hause zugeht.«

Sie krauste ihre Nase: »Sehr steif?«

»Darüber habe ich bis heute nicht nachgedacht. Ehrlich. – Sie würden es sicher als steif empfinden.«

»Aber Sie fühlen sich wohl dabei?«

»Bis jetzt hatte ich keinen Grund, darüber nachzudenken, also muß ich mich wohlgefühlt haben.« Und nun kommst du daher und bringst mich völlig aus dem inneren Gleichgewicht! In Gedanken duzte er sie bereits.

Am nächsten Tag gegen fünfzehn Uhr rief Verena in der Villa der Kellermanns an und verlangte nach Andreas. Es dauerte eine Weile, bis er sich meldete, doch seine Stimme verriet, wie sehr er sich über den Anruf freute.

»Ich wollte Ihnen nur sagen, daß die Decke trocken ist.« Verena lachte leise und gestand: »Natürlich ist das nur ein Vorwand.«

»Sehen wir uns heute?«

»Wenn Sie wollen?«

»Und ob ich will!« Er konnte seine Begeisterung wirklich nicht verbergen.

»Gut, dann komme ich hinüber und bringe die Decke mit. Bis gleich!« Verena ließ Andreas keine Zeit, einen anderen Vorschlag zu machen. Sie war neugierig darauf zu sehen, wie er lebte.

Mit dem Fahrrad fuhr sie hinüber zur Gabriel-von-Seidl-Straße. Das schmiedeeiserne Tor öffnete sich wie von Geisterhand. Als sie sich umsah, entdeckte sie die TV-Kamera, die beweglich montiert war und streckte die Zunge heraus.

Andreas lachte noch, als er ihr entgegenkam. Er hielt ihre Hand ein paar Sekunden länger als notwendig fest und sah ihr in die Augen.

»Hallo. Wie geht's?« fragte sie burschikos.

»Gut, danke. Und Ihnen? Haben Sie das Abenteuer gestern ohne Schnupfen überstanden?«

»Abenteuer!« wiederholte Verena mit hochgezogenen Brauen. »Wo war denn da ein Abenteuer? Außerdem hab' ich Ihnen doch schon gesagt, daß ich mich nicht gleich erkälte, wenn ich mal im Regen stehe.«

Warum war sie so aggressiv? Andreas brauchte eine

Weile, um zu begreifen, daß es an der ungewohnten Umgebung lag. Das machte Verena unsicher, und wenn sie sich so fühlte, mußte sie immer aufpassen, daß die Unsicherheit nicht in Aggressivität umschlug. Das gelang mal besser und mal weniger gut.

»Meine Eltern sind leider nicht da. Ich hätte sie Ihnen gern vorgestellt.«

»Wirklich? Ich glaube nicht, daß das eine gute Idee wäre.«

»Warum? Meine Eltern sind doch ganz normale, zivilisierte Menschen.«

»Zivilisiert, ja, das glaube ich. Aber normal?«

Andreas wußte nicht, ob er sich ärgern oder nur wundern sollte. Er sah Verena fragend an: »In Ihren Augen sind wir also nicht normal? Das müssen Sie mir erklären.«

»Ich kenne ja nicht viele reiche Leute. Aber die, die ich kenne, haben alle ziemliche Macken.«

»Sie urteilen aber recht oberflächlich«, meinte Andreas stirnrunzelnd.

Da strahlte sie plötzlich übers ganze Gesicht wie jemand, dem gerade ein guter Streich gelungen ist. »Nehmen Sie eigentlich immer alles für bare Münze, was man Ihnen erzählt?«

»Hm«, machte Andreas nur. Und dann gestand er: »Sie bringen mich ganz schön durcheinander. Jemand wie Sie ist mir wirklich noch nie begegnet.«

»Haben Sie mir das nicht schon gestern gesagt?« erkundigte Verena sich mit vollendeter Harmlosigkeit. Doch dann versuchte sie fairerweise, Andreas' Verwirrung zu überspielen, indem sie vorschlug, er solle ihr das Haus zeigen. »Ich bin nämlich sehr neugierig«, gab sie zu. Andreas begann mit der Schloßführung, wie Verena es unterwegs ausdrückte. Sie erkundigte sich zwischendurch: »Wieviel Menschen leben eigentlich hier?«

»Meine Eltern, meine Schwestern und ich.«
»Sonst niemand?«
»Die Angestellten haben ein eigenes Haus.«
»Und wie gestaltet sich das tägliche Leben? Tragen Sie alle kleine Funkgeräte mit sich herum, damit einer den anderen finden kann, wenn er etwas von ihm will?«
»Ach, kommen Sie! So groß ist das Haus wirklich nicht!«
»Hier könnten leicht zwanzig bis dreißig Personen leben.«
»Wir haben häufig Besuch: Freunde, Verwandte. Manchmal ist wirklich auch das allerletzte Bett besetzt.«
»Finden Sie mich unausstehlich?«
»Nein, warum?« fragte Andreas erstaunt.
»Weil ich mich momentan selbst nicht leiden kann«, gestand Verena.
»Und wieso können Sie sich nicht leiden?«
»Weil ich mich sozusagen von außen beobachte. Und was sehe ich? Ein dummes, von Neid erfülltes, kleinliches Geschöpf.«
Andreas widersprach sofort und heftig.
»Aber es ist wahr«, beharrte Verena ruhig. »Ich spüre tatsächlich Neid. Dabei möchte ich gar nicht mit Ihnen tauschen. Es ist nur so, daß ich eines nie verstehen werde . . .«
»Nämlich?«
»Warum sind die materiellen Güter nicht wenigstens so verteilt, daß niemand sich den Kopf darüber zerbrechen muß, wovon er die nächsten Lebensmittel- und Metzgerrechnungen bezahlen soll.«
In seiner Verwirrung stellte Andreas eine dumme Frage: »Geht es Ihnen denn so schlecht?«
»Quatsch«, antwortete Verena sehr von oben herab. »Vater und ich haben nie gehungert. Und dazu wird es auch nicht kommen. Ich meinte das ganz allgemein.«

Andreas wischte sich unwillkürlich mit dem Handrücken über die Stirn. Dieses Mädchen setzte ihm ganz schön zu. Sie war eine Herausforderung, in jedem Augenblick und ganz gleich, was sie sagte oder tat.

2

»Ach«, sagte Hubert Kellermann überrascht, »du bist zu Hause?«

»Ich bin schon wieder weg, Papa«, erwiderte Andreas, und war schon fast aus der Tür.

»Moment mal! Ich wollte mich sowieso mit dir unterhalten, aber ich habe dich in Straßlach vermutet.«

»Da war ich auch.«

»Und wohin bist du jetzt unterwegs?«

»Private Mission.« Andreas lächelte geheimnisvoll.

»So, so. Eine neue Freundin, vermute ich.«

Andreas wiegte den Kopf, als müsse er nachdenken. »Doch, das könnte man sagen.«

»Du bist ja ganz aufgekratzt. So kenne ich dich gar nicht.«

Henriette Kellermann, die hinzukam, wollte wissen: »Wie kennst du Andreas nicht?«

»Na, schau ihn dir doch an! Fällt dir nichts auf?«

Andreas grinste breit vor sich hin. Er freute sich diebisch über die Neugier der Eltern.

»Bist du verliebt?« fragte seine Mutter nach einem inspizierenden Blick.

»Natürlich ist er verliebt«, kam ihr Mann jeder Antwort seines Sohnes zuvor.

»Kennen wir sie?« fuhr Henriette fort. »Oder ist es noch zu früh, darüber zu sprechen?« Sie war neunundvierzig Jahre alt, sechs Jahre jünger als ihr Mann; doch während man Hubert Kellermann sein Alter ansah, ging sie an guten Tagen als ältere Schwester ihrer beiden Kinder durch.

»Ich würde sagen, es ist noch ein bißchen früh«, antwortete Andreas.

»Jemand aus München?«

»Du hast doch gehört, was der Junge gesagt hat«, erinnerte ihr Mann sie.

»Als ob du nicht selbst neugierig wärst!« gab Henriette zurück. Nachdem sie ihrem Ehemann einen empörten Blick zugeworfen hatte, sah sie jetzt Andreas wieder erwartungsvoll an.

»Grünwald«, sagte der junge Mann.

»Aber dann müssen wir sie doch kennen!«

»Ach, das glaube ich kaum. Vielleicht habt ihr den Namen schon mal gehört . . .«

»Wie heißt sie denn?« fragte Henriette.

»Entschuldigt, aber ich muß jetzt wirklich gehen. Ich bin schon spät dran.« Er warf seiner Mutter eine Kußhand zu und war im nächsten Moment verschwunden.

Auf dem kurzen Weg hinüber zur Hubertusstraße fragte er sich, weshalb er ein Geheimnis aus Verenas Identität machte. Er fand jedoch keine befriedigende Antwort.

»Was sagst du denn dazu?« wollte Henriette inzwischen von ihrem Mann wissen.

»Ist ja nicht das erste Mal, daß der Junge verliebt ist«, brummte Hubert Kellermann.

»Aber diesmal scheint es ihn besonders stark erwischt zu haben, behauptete Henriette.

»Findest du?«

»Unbedingt! Er schwebt ja regelrecht einige Zentimeter über dem Boden!«

»Dann wollen wir hoffen, daß er den Boden der Realität nicht für längere Zeit unter den Füßen verliert«, meinte ihr Mann recht bärbeißig.

»Laß ihm doch seinen Spaß.«

»Den soll er haben. Ich hatte nie etwas dagegen, daß der Bursche sich amüsiert. Im Gegenteil, er muß sich die Hörner abstoßen, denn vorher hat die Vernunft ohnehin keine Chance.«

»Und weshalb schaust du dann so bedenklich in die Gegend?« wollte Henriette wissen.

»Ach, es ist nicht wichtig«, winkte Hubert ab.

Henriette wandte keine Sekunde den Blick von seinem Gesicht, während sie fragte: »Wie lange sind wir jetzt verheiratet?«

»Mehr als ein Vierteljahrhundert. Was soll das?«

»Bildest du dir wirklich ein, ich würde dich immer noch nicht kennen? Und daß du mir etwas vormachen könntest?«

»Das versuche ich doch gar nicht«, behauptete Hubert.

»Doch, genau das versuchst du. Du fragst dich voller Sorge, ob es dem Jungen diesmal am Ende ernst ist. Und ob er sich nicht vielleicht in das falsche Mädchen verliebt hat.«

»Wenn du das so genau weißt«, meinte Hubert lächelnd, »weshalb fragst du dann überhaupt?«

»Ich habe recht, nicht wahr?«

Hubert wurde wieder ernst. »Natürlich hast du recht. Dir ist es doch auch nicht gleichgültig, wen du zur Schwiegertochter bekommst.«

»Nein, das ist mir nicht gleichgültig«, bestätigte Henriette. »Aber im Gegensatz zu dir vertraue ich darauf, daß unser Sohn – wenn es soweit ist – selbst sehr gut beurteilen kann, welche Frau zu ihm paßt und welche nicht.«

»Du tönst gerade so, als hätte er sich da noch nie vertan.«

»Und du redest, als stünde uns bereits eine Katastrophe ins Haus«, gab Henriette schlagfertig zurück.

»Wovon redet ihr?« wollte plötzlich jemand wissen.

Beide drehten sich um. An der offenen Tür zwischen Bibliothek und Halle stand Gabriele, Andreas' jüngere Schwester. Da sie nicht gleich eine Antwort bekam, fuhr sie fort: »Geht's um Andy?«

»Wir haben uns über Andreas unterhalten, ja. Aber du mußt dich nicht einmischen, mein Schatz.« Hubert liebte seine Tochter abgöttisch; er tat es allerdings auf seine Weise, die Gabriele nicht immer behagte.

»Ich bin kein Kind mehr«, erinnerte sie kurz angebunden. »Warum immer diese Heimlichtuerei?«

»Auch wenn du kein Kind mehr bist, mußt du nicht alles wissen«, antwortete Hubert.

»Kennt ihr Andys neue Freundin?« Bei dieser Frage setzte sie ein vollkommen ausdrucksloses, gleichmütiges Gesicht auf.

Die Eltern tauschten einen raschen Blick. In solchen Situationen waren sie sich wortlos einig.

»Nein, wir kennen sie nicht«, sagte Henriette. »Du etwa?«

»Na klar.«

»Ist sie nett?« fragte Henriette lächelnd und scheinbar harmlos.

»Geschmackssache. Andy scheint sie jedenfalls zu gefallen. Er hat nichts anderes mehr im Kopf als seine Verena.«

»Verena? Das ist ein hübscher Name.«

»Mama!« In gespielter Verzweiflung verdrehte Gabriele die Augen. »Kannst du das nicht lassen? Du willst doch den Nachnamen wissen. Also: Warum fragst du nicht geradeheraus danach?«

»Wie ist der Nachname?« fragte Hubert an Henriettes Stelle.

»Köllner. Sie heißt Verena Köllner und wohnt in der Hubertusstraße.«

Abermals tauschten Hubert und Henriette einen

Blick. Doch diesmal hatte keiner eine Antwort, nur weitere Fragen.

»Doch nicht etwa die Tochter dieses verkrachten Künstlers?« forschte Hubert.

»Der Vater ist Maler, soviel ich weiß. Ob er ›verkracht‹ ist, kann ich nicht sagen.«

»Wo mag er sie kennengelernt haben?« Henriettes Stimme klang ziemlich entsetzt. »Doch nicht in unseren Kreisen?«

»Jedenfalls stecken die beiden seit einer Woche andauernd zusammen.« Weshalb sie das verriet, wußte Gabriele eigentlich selber nicht. Sie liebte ihren Bruder, und gewöhnlich waren sie ein Herz und eine Seele. Was war also los mit ihr? Vermutlich fühlte sie sich übergangen, weil Andreas nicht sofort zu ihr gekommen war, um ihr alles zu erzählen. Gabriele vermutete ganz richtig, daß seine neue Liebe für Andreas aus dem Rahmen fiel oder den Rahmen sprengte. Sie war eifersüchtig, auch wenn sie sich das nicht eingestand.

Henriette und Hubert waren zu klug, als daß sie sich in Gabrieles Gegenwart auf eine gründlichere Diskussion über das Thema eingelassen hätten. Henriette erinnerte sich plötzlich daran, daß sie unbedingt eine Freundin anrufen müsse. Hubert zog sich in sein Arbeitszimmer zurück.

Gabriele durchschaute das Manöver. Ein spöttisches Lächeln zuckte um ihre Mundwinkel. Wirklich albern, wie die Eltern sich oft benahmen. Hielten die Kinder für naiv – und waren es selbst erst recht.

Gabriele verließ die Villa an der Gabriel-von-Seidl-Straße eine halbe Stunde später. Sie öffnete das Dach ihres englischen Sportwagens, bevor sie losfuhr. Die Sonne schien von einem wolkenlosen Himmel; das mußte man ausnutzen, es geschah schließlich selten genug.

Die Fahrt dauerte nur wenige Minuten, dann stieg

Gabriele vor dem Tennisclub aus. Sie hatte keinen Platz reserviert und keine Verabredung getroffen. Eigentlich war sie auch nicht hergekommen, um zu spielen. Ihr ging es vielmehr darum, einige Bekannte zu treffen.

Sie war noch keine fünf Minuten im Club, da wurde sie schon auf Andreas und dessen »Neue« angesprochen. Offenbar gab es im Moment kein heißeres Thema.

»Macht doch nicht so viel Wind um einen Flirt«, winkte Gabriele ab. »Ihr kennt doch Andy. Nächste Woche ist es wahrscheinlich schon eine andere.«

»Es sieht aber überhaupt nicht so aus«, widersprach Dieter, der gemeinsam mit Andreas die Schulbank gedrückt hatte. »Andy ist total verändert. So wie diesmal hat's ihn noch nie erwischt.«

»Soll ja auch eine Schönheit sein, diese Anstreicher-Tochter«, feixte ein anderer.

Das ärgerte Gabriele doch gewaltig. Sie gab sehr von oben herab zurück: »Wer einen Kunstmaler nicht von einem Anstreicher unterscheiden kann, sollte besser den Mund halten.«

»Kunstmaler Köllner«, spottete der Angegriffene. »Kennt einer von euch seine Bilder?«

Niemand meldete sich.

»Da habt ihr auch nichts versäumt. Ist doch nur Schrott, was der Alte von diesem Mädel produziert.« Und dann konnte er sich noch eine Spitze nicht verkneifen: »Als Anstreicher würde er bestimmt mehr verdienen und brauchte nicht überall Schulden zu machen.«

Gabriele bereute, daß sie hergekommen war. Und ihre Wut richtete sich langsam auch gegen Andreas, der ihr das alles eingebrockt hatte.

Wenn Anton Köllner ernsthaft arbeitete, duldete er keinerlei Störungen. Dann warf er sogar Verena aus dem Atelier – vorausgesetzt, er nahm sie überhaupt wahr.

Doch es gab andere Phasen, in denen er beispielsweise spielerisch skizzierte oder Farbproben anlegte. Dann ließ er seiner Phantasie freien Lauf und hatte ganz gern jemanden in der Nähe, mit dem sich ein plötzlich auftauchender Gedanke diskutieren ließ.

Verena hatte ihrem Vater in solchen Momenten immer willig und gern Gesellschaft geleistet. Heute jedoch war sie nicht bei der Sache. Wie auch an den voraufgegangenen Tagen. Das ging nun schon seit fast zwei Wochen so.

Anton, der über die Sensibilität eines Künstlers verfügte, war es gleich zu Anfang aufgefallen, doch hatte er seine Tochter nicht darauf angesprochen; übrigens nicht nur aus Feinfühligkeit, sondern auch aus Selbstbezogenheit. Als Künstler war Anton Köllner nicht nur hochsensibel, sondern auch ein beinahe grenzenloser Egozentriker. Er verdrängte möglichst alles, was ihn bei seiner Arbeit stören könnte. Er konnte malen, wenn er mit sich selbst uneins war, aber nicht, wenn er sich mit den Problemen anderer Menschen beschäftigen mußte.

Deshalb war die Frage auch gar nicht beabsichtigt, sie entschlüpfte ihm quasi gegen seinen Willen: »Was ist denn mit dir los, Rena? Weshalb bist du so verändert?«

»Weil ich mich verliebt habe. Ich dachte schon, du würdest das überhaupt nicht zur Kenntnis nehmen.«

»Verliebt? In diesen Burschen, der im Geld bald erstickt?«

»Sprich nicht so von Andreas!« erwiderte sie mit ungewohnt scharfer Stimme.

Anton warf mit einer Kopfbewegung das stark angegraute, fast schulterlange Haar zurück und grinste. »Diesmal scheint es ernster zu sein als eine Grippe.«

»Diesmal ist alles anders«, flüsterte Verena wie zu sich selbst. Ein Lächeln lag auf ihrem Gesicht und machte es weich und schön, daß ihr Vater unwillkürlich den Atem anhielt und im nächsten Moment nach seinem Skizzenblock griff.

»Interessiert es dich, Vater?«

»Natürlich interessiert es mich«, murmelte Anton mechanisch. Er hätte hinzufügen können: Wenn auch bei weitem nicht so wie dein Ausdruck und dieses Lächeln.

»Weißt du, Andreas lebt wirklich in einer anderen Welt. Das klingt wie ein Klischee, ich weiß. Aber fremder als bei den Kellermanns könnte ich mich auch auf einer Südseeinsel oder bei den Eskimos nicht fühlen.«

»Ah«, machte Anton, während die Hand mit dem Kohlestift sich rasch und sicher bewegte.

»Armer Andreas«, seufzte Verena.

»Wie bitte?«

»Armer Andreas«, widerholte sie. »Du kannst dir das gar nicht vorstellen. Bei den Kellermanns scheint wirklich alles reglementiert zu sein. Ich glaube, Andreas ist aufgewachsen wie – wie ein Spalierobstbäumchen.«

»Himmel, das klingt ja schrecklich«, murmelte Anton, ohne seine Arbeit zu unterbrechen.

»Es *ist* schrecklich.«

»Wie kannst du dich in einen solchen Burschen verlieben?« fragte der Vater.

Verena starrte ihn an. Seine Frage erzeugte bei ihr Verständnislosigkeit, aber auch Ärger.

»Der muß doch vollkommen verbogen sein«, erklärte Anton. »Der kann doch gar keine normalen Gefühle entwickeln, von Beziehungen gar nicht zu reden.«

»Da irrst du dich aber sehr, Vater!«

»Hoffentlich. Ich wünsche es dir von Herzen, mein Kind, aber ich fürchte . . .«

»Du hast Andreas doch kennengelernt!« unterbrach

sie ihn heftig. »Wie kannst du behaupten, er wäre verbogen?«

Anton ließ sich Zeit mit der Antwort. Erst einmal beendete er seine Skizze und legte den Block zur Seite. Verena hatte inzwischen ohnehin einen vollkommen anderen Gesichtsausdruck.

»Möchtest du wissen, wie ich über Andreas denke, Rena?«

»Ja, das möchte ich.« Verena nickte. »Aber ich warne dich, Vater!«

Er grinste vergnügt, denn er kannte seine Tochter und brauchte nicht zu fragen, wovor sie ihn warnte. Nein, er würde ganz bestimmt nicht sarkastisch oder gar zynisch werden. Wozu auch? Er wollte seiner Verena ja helfen, und das konnte er seiner Meinung nach nur mit Sachlichkeit.

»Ich kann ihn nicht so recht ernst nehmen, deinen Andreas.«

»Aber wieso nicht?«

»Weil er auf mich wie ein Junge wirkt, der sich die Kleider des Vaters angezogen hat und ihn zu imitieren versucht.«

Verena war jetzt ehrlich betroffen. Sie wußte erst einmal gar nicht, was sie sagen sollte und starrte den Vater nur stumm an.

»Vielleicht«, fuhr Anton fort, »kannst du ihm ja helfen, indem du ihn in eine andere Richtung schubst. Ich glaube, wenn er zu sich selbst findet, kann er ein wirklich akzeptabler Bursche werden.«

»Du meinst wirklich, daß Andreas seinen Vater kopiert? Wie kannst du so etwas sagen – wo du Hubert Kellermann nicht einmal vom Sehen kennst?«

»Ich kenne solche Typen, Rena. Das genügt.« Er fühlte sich aber doch noch zu dem Hinweis veranlaßt: »Immerhin habe ich dir ein Stück Lebenserfahrung voraus.«

»Ja, das hast du«, gab Verena zu, die sehr nachdenklich geworden war.

Andreas' Ankunft setzte der Unterhaltung ein Ende. Als Verena zur Tür ging, erinnerte Anton sie noch einmal: »Ich habe wirklich nichts gegen deinen Freund. Aber ich will nicht, daß du dich in etwas verrennst. Ich will meine Tochter nicht unglücklich sehen.«

»Keine Angst, Vater. Weshalb sollte ich unglücklich werden? Ich bin doch so glücklich wie noch nie im Leben!«

Daß Andreas nicht weniger glücklich war, stand außer Zweifel. Er lächelte Verena strahlend an. Sie flog in seine ausgebreiteten Arme und wurde erst einmal übermütig herumgeschwenkt, bevor Andreas sie sanft absetzte und ihr einen Begrüßungskuß gab.

»Kommst du mit, Verena?«

»Wohin?«

»Ich muß dir etwas zeigen.«

Sie sah ihn fragend an, wartete auf eine Erklärung, doch Andreas lachte und schüttelte den Kopf: »Nein, nein, es wird nichts verraten! Laß dich doch überraschen.«

»Warte, ich muß Vater sagen, daß wir wegfahren. Er bekommt nämlich nachher Besuch und rechnet damit, daß ich für den Kaffee sorge. Wie lange bleiben wir denn fort?«

»Eine Stunde vielleicht. Allerdings dachte ich, wir würden den Rest des Tages miteinander verbringen.«

Verena dachte kurz nach. Dann schlug sie vor: »Komm, sprechen wir mit Vater. Ich möchte ihn nicht enttäuschen, aber ich glaube nicht, daß er uns den Spaß nicht gönnt.«

»Hallo, Herr Kellermann«, begrüßte der Maler den Jungen freundlich. »Schon fertig mit der Last des Alltags?«

Andreas lachte etwas verunsichert. Er spürte, daß

Verenas Vater ihn nicht ernst nahm. Eigentlich besaß er ein für seine vierundzwanzig Jahre gut entwickeltes Selbstbewußtsein. Doch Anton Köllner brachte es regelmäßig und ohne besonderen Aufwand fertig, ihn verlegen zu machen.

»Ja, ja, ich hab' meine Arbeit getan. Für heute ist Schluß.«

Verena erklärte ihrem Vater ihr Anliegen.

»Geht nur«, sagte Anton gutmütig. »Dein Kaffee ist zwar besser als meiner, aber ich kann ja eine Flasche Wein öffnen.«

Unterwegs wollte Verena gleich wieder wissen: »Wo fahren wir denn nun hin?«

»Sei doch nicht so ungeduldig!«

»Bin ich aber. Und schrecklich neugierig.«

»Nur ein paar Minuten, dann sind wir am Ziel.«

»Das Ziel ist nicht zufällig eure Fabrik in Straßlach?« Das war nämlich die Richtung, die Andreas eingeschlagen hatte.

Er schüttelte den Kopf. Gleich darauf setzte er die Geschwindigkeit herab und bog nach links in eine schmale Straße ein.

»Hier war ich noch nie«, stellte Verena fest.

»Dort vorne liegt ein kleiner Weiler. Nur fünf Bauernhöfe und sonst nichts.«

»Dort wollen wir aber doch nicht hin?«

»Warum nicht? Hast du was gegen Bauernhöfe?«

»Im Gegenteil! Als Kind hab' ich regelmäßig einen Teil der Ferien auf einem Hof verbracht, der Verwandten meiner Mutter gehörte. Das waren die glücklichsten Zeiten, die ich damals erlebt habe.«

Der Wald blieb zurück, und auf einem sanft geschwungenen Hügel lag der kleine Weiler frei vor Verena und Andreas. Er stoppte.

»Wenn das unser Ziel ist, verrätst du mir dann jetzt auch, weshalb wir hier herausgefahren sind?«

»Schau dir den Hof ganz rechts an, der auf der höchsten Stelle des Hügels liegt.«

»Was ist damit?«

»Es ist kein richtiger Hof mehr.«

»Ach.« Warum erzählt er mir das? überlegte Verena. Sie konnte sich keinen Reim darauf machen. »Was ist es dann?«

Statt zu antworten, fuhr Andreas wieder an. Wenig später hielten sie neben dem langgestreckten Hofgebäude, das – wie in Oberbayern üblich – alles unter einem einzigen Dach barg: Wohnhaus, Stall und Scheune.

»Komm, schauen wir uns ein bißchen um.«

»Wer wohnt denn hier?« wollte Verena wissen.

»Leider niemand mehr.«

»Du klingst so traurig.« Sie sah ihn von der Seite an und versuchte, in seinem Gesicht zu lesen.

Andreas seufzte. »Ich hab' Tante Adelheid sehr gemocht. Eigentlich war sie ja meine Großtante. Aber mir hat sie so nahegestanden wie eine Großmutter.«

»Ist sie tot?« fragte Verena leise.

»Ja. Leider. Letzten Herbst ist sie ganz plötzlich gestorben. Eine Nachbarin hat sie gefunden, als sie schon eine Weile tot war. Aber sie scheint friedlich eingeschlafen zu sein. Und zweiundneunzig Jahre sind ja auch ein gesegnetes Alter.« Sein Gesicht entspannte sich, zeigte gleich darauf sogar wieder ein kleines Lächeln.

»Zweiundneunzig! Und da hat sie ganz allein hier auf dem Hof gelebt?«

»Sie wollte es so. Ohne Personal, von einer Putzfrau abgesehen, die zweimal pro Woche kam. Um die Arbeit im Garten haben sich Nachbarn gekümmert. Die Felder, Wälder und Wiesen hatte Tante Adelheid schon fünf oder sechs Jahre früher verpachtet. Bis dahin standen dort im Stall immer noch etwa zwei Dutzend Kühe.

Es gab Schweine und Schafe und einen großen Geflügelhof.« Er zog einen umfangreichen Schlüsselbund aus der Tasche. »Die Ställe sind heute so sauber, daß man darin wohnen könnte. Tante Adelheid hat darauf bestanden, daß alles gebrauchsfertig gehalten wurde. Man könnte den Betrieb morgen wieder aufnehmen.«

»Du hast doch nicht vor, Bauer zu werden?« Verena, die immer noch nicht so recht wußte, weshalb Andreas sie mit hierher genommen hatte, hielt im Augenblick alles für möglich. Andreas mußte lachen. »Um Himmels willen, nein! Ich wäre der schlechteste Bauer der Welt. Von Landwirtschaft verstehe ich überhaupt nichts.« Die Haustür quietschte leise, als er sie öffnete. Abgestandene Luft schlug ihnen entgegen.

»Meine Eltern wollten den Hof verkaufen. Sie hatten sehr gute Angebote.«

»Und?«

Er lachte übermütig. »Vor kurzem hat sich das vermißte Testament, von dessen Existenz alle wußten, doch noch gefunden. Monatelang hatten alle vergeblich gesucht. Nach einem früheren Testament waren meine Eltern gemeinsam Tante Adelheids Alleinerben. Doch nun gehört plötzlich alles mir.«

»Ist nicht wahr!« platzte Verena heraus.

»Wieso zweifelst du daran?«

»Weil ich mir einfach nicht vorstellen kann, daß jemand einen ganzen Bauernhof erbt. Das ist ja wie im Märchen.«

Andreas blickte Verena nachdenklich an. Er liebte ihre Spontaneität, ihre ungehemmte Lust aufs Leben. Was ihn immer wieder überraschte und irritierte, war die Tatsache, daß sie in so ganz anderen Dimensionen dachte. Für ihn war es zwar eine willkommene Überraschung gewesen zu erfahren, daß Tante Adelheid ihn als Erben eingesetzt hatte. Doch wie im Märchen kam er sich dabei ganz bestimmt nicht vor.

Der Hof stellte einen erheblichen Wert dar, und wenn er wollte, konnte er ihn jederzeit verkaufen. Aber wer nie materielle Sorgen kennengelernt hatte, für den spielte das keine besondere Rolle.

»Was wirst du jetzt tun?« fragte Verena.

»Komm, schauen wir uns um«, erwiderte Andreas. »Vielleicht kommen wir gemeinsam zu einer Antwort auf deine Frage.«

Sonja von Specht war seit Ewigkeiten mit den Kellermanns befreundet, ebenso wie ihr Mann. Dessen Eltern hatten schon zum Freundeskreis der Eltern von Hubert Kellermann gehört. Man wußte nicht alles, jedoch sehr viel voneinander und besprach auch hin und wieder diskrete Dinge miteinander, die sonst nur im Familienkreis erörtert wurden.

An diesem Nachmittag besuchte Sonja Henriette Kellermann um die Teezeit. Eine ihrer ersten Fragen war: »Was sagst du denn zu Andreas' Flirt mit diesem Malermädchen?«

»Du hast also auch schon davon gehört?«

»Ich bitte dich, Liebste!« Sonja zog die Brauen so hoch, daß sie ein ganz langes, spitzes Gesicht bekam. »Wüßte ich nichts davon, wäre ich vermutlich der einzige Mensch in Grünwald, auf den das zuträfe!«

Unwillkürlich gab Henriette einen Seufzer von sich.

»Es ist also ernst«, folgerte Sonja.

»Nein, nein!« wehrte Henriette mit erhobenen Händen ab. »Ganz sicher ist diese Affäre bei weitem nicht das, was manche Leute daraus zu machen versuchen.«

»Sondern?«

»Ein Flirt, was sonst? Du kennst doch Andreas.«

»Er kann sehr charmant sein – wenn er will.« Dieser Feststellung folgte ein kleines Lachen. »Einmal hörte ich jemanden von seinem ›muffigen Charme‹ reden.«

»Also, nein!« erwiderte Henriette beinahe empört. »Unser Andreas und muffig!«

»Mütter sehen ihre Söhne immer anders als der Rest der Welt«, stellte Sonja fest. »Ich weiß, wovon ich rede.«

»Aber Andreas ist doch nicht muffig! Weshalb sollte er?«

»Oh, da gibt es schon Situationen und Gründe«, lachte Sonja. »Bei Attacken weiblicher Geschöpfe, beispielsweise, denen Andreas nichts abgewinnen kann.«

Henriettes Stirn furchte sich. »Ich dachte immer, daß Andreas alles mitnimmt, was sich bietet. Manchmal hat mir das schon Sorgen gemacht.«

»Ich glaube nicht, daß er so leicht von Blüte zu Blüte taumelt wie ein sonnentrunkener Schmetterling. Wie ich deinen Andreas einschätze, läuft bei ihm ohne Gefühl überhaupt nichts.«

Henriette musterte die Freundin mit einem mißtrauischen Blick. Kannte Sonja Andreas am Ende – wenn auch nur auf Teilgebieten – tatsächlich besser als sie, die Mutter?

»Wenn das so wäre . . .«

»Geh' ruhig davon aus, Henriette.«

»Aber das würde ja bedeuten, daß er auch für dieses Mädchen wirklich etwas empfindet!«

»Richtig. Und wenn auch nur ein Bruchteil von dem Wirklichkeit ist, was man sich erzählt, dann bedeutet sie ihm mehr als irgendeine andere zuvor.«

Das mußte Henriette erst einmal verdauen. Darüber mußte sie nachdenken.

Ihr Gesichtsausdruck wechselte mehrmals, wie Sonja feststellte, die geduldig schwieg.

»Ach, Unsinn«, verkündete Henriette schließlich resolut. »So, wie wir Andreas erzogen haben, gibt es das gar nicht, daß er vollkommen den Kopf verliert.«

»Ich glaube nicht«, widersprach Sonja, »daß irgendeine Erziehung einen jungen Menschen davor bewahren kann. Die Liebe ist immer noch stärker als alles andere.«

»Du bist heute aber sehr romantisch!«

»Ganz und gar nicht, liebste Henriette. Ich bin, im Gegenteil, eine absolute Realistin. Und als solche sage ich dir: Die Begegnung mit Fräulein Köllner bedeutet eurem Andreas mehr, als euch lieb ist.«

Von Henriette kam eine unwillige, abwehrende Handbewegung.

»Du wirst es sehen«, fuhr Sonja unbeeindruckt fort. »Erinnere dich an meine Worte, wenn es soweit ist.«

Die beiden Damen waren immer noch mit dem Thema Andreas und Verena beschäftigt, als Hubert – ungewöhnlich früh – nach Hause kam. Bei seinem Eintreten war die Unterhaltung jäh verstummt. Nach einer freudigen Begrüßung nahm Hubert Platz und erkundigte sich beiläufig:

»Wobei habe ich euch unterbrochen?«

Bei gar nichts! wollte Henriette erwidern, denn sie legte nicht den geringsten Wert darauf, die Diskussion in Huberts Gegenwart fortzusetzen. Aber sie hatte die Rechnung ohne Sonja gemacht. Lächelnd sagte diese schnell:

»Du weißt es doch ohnehin. Oder etwa nicht?«

»Andreas und sein Techtelmechtel?« Er seufzte tief und gab zu: »Allmählich beschäftigt mich das auch. Mehr, als mir lieb ist.«

»Ja, wir haben von Andreas und diesem Mädchen gesprochen«, räumte Henriette nun ein.

»Ich werde ein Hühnchen mit dem Burschen rupfen«, grollte Hubert.

»Damit machst du womöglich alles noch schlimmer. Wäre es nicht vernünftiger, den Dingen ihren Lauf zu lassen und darauf zu warten, daß Andreas wieder einen klaren Kopf bekommt?«

»Ich glaube, dein Mann ist da anderer Ansicht.«

Sonja sprach zwar zu Henriette, wandte den Blick jedoch nicht von Huberts Gesicht.

»Allerdings bin ich anderer Ansicht«, bestätigte Hubert. »Schon, weil mir die Geschichte allmählich zu lange dauert. Inzwischen vernachlässigt Andreas seine Pflichten in gröblicher Art und Weise. Und das ist der Grund, weshalb ich ihm den Kopf zurechtsetzen werde.«

»Aber der Junge ist doch nicht untätig!« nahm Henriette ihren Sohn in Schutz. »Das kannst du wirklich nicht behaupten!«

»Er arbeitet höchstens noch mit halbem Einsatz«, erwiderte Hubert.

»Und das ist auch genug«, kam es ungewohnt resolut von Henriette zurück; in solchen Fragen widersprach sie ihrem Mann gewöhnlich nicht, kleidete Zweifel höchstens einmal in behutsame Fragen.

Hubert starrte sie denn auch erstaunt an. Er runzelte die Stirn und öffnete den Mund zu einer Entgegnung, doch Henriette war schneller.

»Es ist sogar mehr als genug. Wo gibt es das denn, daß ein junger Mensch neben dem Studium noch eine Fabrik leiten muß und die volle Verantwortung für kostspielige Entwicklungen trägt?«

Hier machte Sonja sich wieder einmal bemerkbar, indem sie einwarf: »Das ist sicher ungewöhnlich. Aber euer Andreas ist ja auch ein überdurchschnittlich begabter junger Mann.«

Hubert hörte gar nicht hin und ließ sie lediglich aus Höflichkeit zu Ende reden. Dann stellte er fest: »Niemand hat Andreas dazu gezwungen, diese Doppelbelastung auf sich zu nehmen. Es war seine eigene Entscheidung.«

»Da muß ich ja lachen«, behauptete Henriette, blieb aber todernst. »Du hast dem Jungen die Sache doch erst schmackhaft gemacht. Wieder und wieder hast du durchblicken lassen, was es für seine zukünftige Karriere bedeuten würde, wenn er schon so früh, noch während des Studiums, erfolgreich Führungsaufgaben übernähme.«

»Na und? Damit habe ich lediglich Tatsachen festgestellt. Verlangt habe ich gar nichts«, erklärte Hubert starrsinnig.

»So kommen wir nicht weiter«, sagte Henriette schließlich resigniert. »Jedenfalls hast du kein Recht, dich zu beklagen, wenn der Junge mehr Zeit für sich selbst braucht.«

»Wenn man dich so hört«, brummte ihr Mann, »könnte man glauben, daß du dich regelrecht über die Affäre mit dieser Verena Köllner freust.« Er sprach den Namen aus, als hätte er einen schlechten Geschmack auf der Zunge.

»Kennt ihr den Vater eigentlich?« wollte Sonja wissen.

»Natürlich nicht.«

»Nein, ich bin ihm nie begegnet«, schloß Henriette sich der von Hubert nachdrücklich gegebenen Antwort an.

»Aber ich«, sagte Sonja. »Es muß auf einer Ausstellungseröffnung gewesen sein. Eine dieser Sammelausstellungen, wie sie jedes Jahr vor Weihnachten veranstaltet werden.«

»Und?« fragte Henriette.

»Ein etwas sonderbarer Mensch. Ich möchte ihn nicht um mich haben. Er gehört eben ganz einfach nicht zu unseren Kreisen. Von seinen Bildern haben manche Leute, die etwas von Malerei verstehen, allerdings eine recht hohe Meinung.«

Hubert winkte ab. »Geh mir doch damit weg! Köllner gilt seit seiner Jugend als hoffnungsvolles Talent. Inzwischen ist er mindestens fünfzig und hat sich immer noch nicht durchgesetzt.«

»Du meinst, er wird es nicht mehr schaffen?« fragte Sonja.

»Jedenfalls nicht, solange er lebt.«

»Nun, das muß nicht unbedingt gegen ihn sprechen, wie? Van Gogh hat zeit seines Lebens nicht ein einziges Bild verkauft, und heute brechen seine Bilder auf den großen Auktionen alle Rekorde.« Sonja lachte, um anzudeuten, daß der Vergleich nicht ganz ernst gemeint war.

Hubert starrte sie düster an; zweifellos hatte er aber gar nicht zugehört. Er brummte: »Je eher diese Geschichte zu Ende geht, desto besser. Aber wir wollen nichts hochspielen. Für mich ist es vollkommen undenkbar, daß mein Sohn sich für eine Frau entscheidet, die in gar keiner Weise zu ihm und zu uns paßt.«

Dein Wort in Gottes Ohr, dachte Henriette. Sie fragte sich, woher Hubert diese Sicherheit nahm.

3

Richard Laibach kam seit Jahren immer wieder mal nach Grünwald heraus. Er duzte sich mit Anton Köllner und gehörte zu jener Gruppe von Kritikern, auf deren Urteil der Maler viel Wert legte. Richard war allerdings nicht nur Kritiker, sondern gelegentlich auch Käufer.

»Meine Rente«, nannte Anton das Geld, das von Richard hereinkam manchmal halb im Scherz. Mittlerweile besaß der Münchner Freund vermutlich fast so viele Köllners wie alle anderen Sammler zusammen ...

Antons Weinkeller war nicht groß und nicht besonders gut bestückt. Wenn sein Freund Richard kam, holte Anton jedoch regelmäßig eine der besten Flaschen herauf. Es konnten auch zwei oder drei werden.

Heute saßen sie noch beim ersten Glas, als Richard sich nach Verena erkundigte.

»Sie ist nicht da.«

»Sonst hätte sie sich ja wohl auch längst bemerkbar gemacht, denke ich. Wo steckt sie? Und weshalb machst du plötzlich so ein merkwürdiges Gesicht?« Er lachte vergnügt, weil es ihm gelungen war, bei Anton so etwas wie Verlegenheit hervorzubringen.

»Rena ist mit ihrem Freund unterwegs. Mehr kann ich dir nicht sagen. Ich habe keine Ahnung, wann sie nach Hause kommt. Es kann spät werden. Du weißt ja, daß ich meiner Tochter keine Vorschriften mache.«

»Langsam, langsam! Sie ist mit ihrem Freund unterwegs? Es gibt also einen neuen Mann in Verenas Leben? Darüber möchte ich gern mehr hören.«

»Frag' doch Verena«, schlug Anton vor.

»Da sie nicht da ist, frage ich dich. Du weißt, wie sehr mich alles interessiert, was mit deiner Tochter zu tun hat. Nach wie vor und unverändert.«

Anton nahm bedächtig eine tiefen Schluck, wobei er Richard über den Rand seines Glases hinweg anschaute.

»Im Moment«, sagte er dann, »lebt Rena im siebenten Himmel. Aber das wird nicht lange dauern.«

»Natürlich nicht. Kein Mensch hat dort einen Stammplatz. Es handelt sich immer nur um einen vorübergehenden Aufenthalt.«

»Sie hat sich mit einem netten Burschen eingelassen, der nur leider überhaupt nicht zu ihr paßt.«

»Was hast du an ihm auszusetzen?« wollte Richard wissen.

»Nur das Geld«, war die lakonische Antwort.

»Hat er keins? Oder zuviel davon?«

»Andreas gehört zu jenen, die mit dem goldenen Löffel im Mund geboren wurden.«

»Andreas – und weiter?« fragte Richard.

»Kellermann.«

»Die Grünwalder Kellermanns?« Als Anton bejahte, pfiff Richard durch die Zähne. »Da hat Verena sich ja tatsächlich einen dicken Fisch geangelt.«

»Kennst du die Familie?«

»Nicht persönlich. Aber wir haben gemeinsame Bekannte.« Richard gehörte selbst zu den Kreisen der Kellermanns.

»Kaum zu glauben, wie das Mädchen sich in den letzten Wochen verändert hat«, murmelte Anton mehr zu sich selbst.

Doch natürlich hörte Richard das.

Sofort wollte er wissen: »Wie denn? Was sind das für Veränderungen?«

»Voller Lebenslust hat sie immer gesteckt, das weißt du. Aber jetzt . . . Manchmal habe ich Angst, dann denke ich: Sie brennt wie eine an beiden Enden angezündete Kerze.«

»Das wäre nicht gut«, stellte Richard ernst fest. »Das würde mir überhaupt nicht gefallen.«

»Aber du kannst nichts daran ändern. Sowenig wie ich. Niemand kann das.«

Schweigend leerten die Freunde ihre Gläser. Anton füllte nach.

»Soll ich meine Fühler mal ausstrecken, Anton? Soll ich ein paar Auskünfte über Andreas Kellermann einholen?«

»Was versprichst du dir davon?« wollte Anton wissen.

»Vielleicht stellt sich heraus, daß er nicht der Mann ist, der mit einem Mädchen wie deiner Tochter spielt. Weißt du«, ein Lächeln bildete sich um seine Mundwinkel, »auch in meinen Kreisen gibt es ein paar anständige Burschen.«

Anton dachte eine Weile über Richards Angebot nach und meinte schließlich: »Paß' aber auf, daß niemand etwas merkt, wenn du dich nach Andreas erkundigst.«

»Du kannst dich darauf verlassen. – Wer ist das?« Er wandte sich um und schaute zur offenen Ateliertür.

»Ich bin das.« Verena kam herein, in allerbester Stimmung. Sie ging zu Richard, der aufgestanden war und die Arme ausbreitete. »Richard! Ich wußte gar nicht, daß du kommen wolltest.«

Sie umarmten sich. Richard gab dem Mädchen einen herzhaften Kuß. Dann hielt er sie auf Armlänge von sich. »Gut schaust du aus. Blendend geradezu! Na, ist ja auch kein Wunder, wenn man so verliebt ist.«

»Ach, Vater hat also schon geplaudert.« Verena lachte.

»Wir haben uns fast ausschließlich über dich unterhalten«, gab Richard verschmitzt grinsend zu. »Ein interessanteres Thema lag nicht an. Und ich freue mich, daß ich dich doch noch zu Gesicht bekomme, obwohl dieser Glückspilz Andreas dich mit Haut und Haaren beansprucht.«

»Das ist auch Zufall. Eigentlich wollten wir . . . etwas erledigen. Doch Andreas ist etwas dazwischengekommen. Er holt mich später ab.«

Ursprünglich hatten sie wieder hinaus zu dem alten Hof fahren wollen, um die übriggebliebenen Möbel anzuschauen und zu entscheiden, welche Stücke aufgearbeitet werden sollten. Aber dann hatte Andreas, der ja schon mit einem Bein im Examen stand, einen kurzfristig anberaumten Termin in der Universität wahrnehmen müssen.

»Du warst noch nie so schön wie heute«, stellte Richard plötzlich fest. Er lächelte liebevoll, ja, geradezu zärtlich. Auf dem Grunde seiner Augen jedoch hätte ein sehr genauer Beobachter eine leise Trauer wahrgenommen.

Verena lachte geschmeichelt. Sie senkte den Blick.

Ihre Haltung verriet einen Anflug von Verlegenheit. Als ihr Vater sich erhob, nutzte sie die Gelegenheit, das Thema zu wechseln: »Du willst Wein holen, stimmt's?«

»Richtig, meine kleine Rena. Mir wird bei manchen Themen immer die Kehle trocken. Unerträglich ist das.«

»Wenn ihr trinkt, müßt ihr auch etwas essen«, entschied Verena. »Ich schaue mal nach, was ich euch anbieten kann.«

Richard sah ihr nach, als sie in Richtung Küche verschwand. Er hätte die Gelegenheit, sich unter vier Augen mit ihr zu unterhalten, gern genutzt, doch Verena wollte gerade das offenbar nicht.

In dem Moment fuhr draußen ein Wagen vor. Wenig später läutete es. Dann hörte Richard zwei junge Stimmen. Daß die tiefere Andreas Kellermann gehörte, lag auf der Hand.

Anton kam gerade aus dem Keller. Er begrüßte den Gast freundlich und fragte: »Sie trinken doch ein Glas mit uns, Herr Kellermann?«

»Sehr gern, danke.«

Warum hat Vater diesen Vorschlag gemacht? überlegte Verena, während Andreas sie zunächst einmal in die Küche begleitete. Er erzählte von seiner Besprechung in der Universität, die zufriedenstellend verlaufen war.

Dann, als er mit Verena das Atelier betrat, sah er dort einen schlanken, mittelgroßen, nicht mehr ganz jungen Mann sitzen. Der Fremde hatte ein scharfgeschnittenes Gesicht. Die kräftig gebräunte Haut war bereits vom Leben gezeichnet. Am tiefsten waren die Furchen auf der hohen Stirn. Das Gesicht bildete einen scharfen Kontrast zu der sportlichen Figur und den lebhaften Bewegungen.

Verena machte die beiden Männer miteinander bekannt und erzählte dabei, daß Richard Anton Köllners Bilder sammelte. Richard wollte wissen: »Beschäftigen Sie sich mit Malerei, Herr Kellermann?«

»Kaum. Ich bin nie über das hinausgekommen, was man uns in der Schule beigebracht hat.« Er fügte lachend hinzu: »Und für unseren Doktor Hangen, der Kunst unterrichtete, hörte die Malerei kurz nach den Impressionisten auf.«

»Es kann eine gute Kapitalanlage sein, die richtigen Bilder zu kaufen, solange sie noch erschwinglich sind«, erklärte Richard.

»Nun wollen wir lieber noch ein Glas trinken«, schlug Anton vor, der nicht wollte, daß Richard noch deutlicher wurde und Andreas am Ende ganz unverblümt vorschlug, den einen oder anderen Köllner zu erwerben.

Andreas wunderte sich inzwischen ein wenig. Warum wollte Verena nicht gleich mit ihm hinaus zu dem alten Bauernhof fahren? Was hielt sie hier? Waren es tatsächlich nur die Hausfrauenpflichten? Doch er kam nicht recht zum Nachdenken, weil Richard Laibach ihn immer wieder ins Gespräch zog.

»Was für wunderschöne Stücke!« Verena kam aus dem Staunen gar nicht mehr heraus. In Kammern, auf dem riesigen Dachboden und auch unten im Keller, ja, selbst in verschiedenen Winkeln der Tenne hatten sie eine Vielzahl von Schränken, Truhen, Tischen, Stühlen, Standuhren, Bänken, Betschemeln, Spiegeln und anderen Kleinmöbeln entdeckt. Der größte Teil war nicht nur alt – zwischen hundert und schätzungsweise dreihundert Jahre –, sondern auch gut erhalten. Da gab es Schränke, die ohne jeden Zweifel noch originalgefaßt waren. Die Malereien aus Kaseinfarben wirkten so frisch, als seien sie erst vor kurzem aufgetragen worden.

»Ja, das Haus enthält wirklich Schätze, von denen ich

keine Ahnung hatte«, sagte Andreas. Ihr Wert bestand für ihn zu einem nicht geringen Teil darin, daß sie Verena gefielen.

»Mein Vater würde glatt durchdrehen, wenn er das hier sehen könnte!«

Andreas räusperte sich, worauf Verena in fröhliches Gelächter ausbrach und versicherte: »Keine Angst, ich halte mich an unsere Abmachung!« Sie hatten nämlich ausgemacht, daß dieses Haus vorerst kein anderer betreten sollte, also weder Familienmitglieder noch Freunde. Eigentlich, hatte Verena schon einmal gedacht, ist das ja ein bißchen kindisch. Aber was soll's. Es ist jedenfalls auch sehr schön, ein solches Geheimnis zu haben.

Im Moment waren sie damit beschäftigt, zwei Zimmer zum Wohlfühlen her- und einzurichten. Die Küche hatte Verena bereits wieder in Betrieb genommen. Kühlschrank und Herd funktionierten. Aber auch hier mangelte es nicht an Arbeit.

Beispielsweise wollte Verena neue Gardinen für die Küchenfenster nähen, weil die alten zwar hübsch anzuschauen waren, jedoch so brüchig, daß sie die nächste Wäsche nicht überstehen würden. Heute nahm sie Maß und machte sich Notizen. Den Stoff, der ihr für die Küchengardinen vorschwebte, hatte sie kürzlich in München gesehen, gar nicht teuer.

Andreas stand an der Tür und sah ihr zu. Irgendwann spürte Verena, daß sie beobachtet wurde. Sie wandte sich um und lächelte. »Hallo! Willst du mir helfen?«

»Ja, gern.«

Warum hat er sich jetzt Mühe geben müssen, um zu lächeln? überlegte Verena.

Was ging wirklich hinter Andreas' Stirn vor? Was beschäftigte und beanspruchte ihn so sehr, daß er zwischendurch immer wieder regelrecht vergaß, wie sehr er Verena liebte und wie glücklich sie miteinander waren? Es war ein Bild, in erster Linie. Ein Bild, das immer wieder vor seinem geistigen Auge auftauchte. Er sah Verena und neben ihr Richard Laibach. Und er sah die Geste, mit der Richard seine Hand auf Verenas Schulter gelegt hatte.

Eine harmlose Geste? Bedeutungslos? Freundschaftlich oder nur zufällig?

Andreas haßte das Gefühl, das ihn da überkam. Und er haßte sich dafür, daß er dem Gefühl erlaubte, immer wieder und immer mehr Besitz von ihm zu ergreifen. Es handelte sich um eine Mischung aus Mißtrauen und Eifersucht. Schlimm, wirklich schlimm. Vor allem, weil er es nicht fertigbrachte, mit Verena darüber zu sprechen.

Als Verena ihn jetzt ansprach, zuckte er zusammen und starrte sie aus aufgerissenen Augen an.

Verena lachte.

»Entschuldige«, murmelte Andreas. »Was war denn?«

»Ich hatte dich etwas gefragt. Und du hast reagiert wie jemand, der ein entsetzlich schlechtes Gewissen hat.«

Ihm schoß das Blut in den Kopf. Er kam sich nicht wie ein Mann von vierundzwanzig Jahren vor, sondern wie ein Junge von zwölf. Verena trat auf ihn zu. So nah war sie jetzt, daß er ihre Wärme zu spüren glaubte und ihr vertrauter Duft ihm in die Nase stieg.

»Andy!« Sie nahm sein Gesicht zärtlich zwischen beide Hände. »Warum sagst du's nicht?«

»Was?«

»Ich kann mir doch denken, was dich bedrückt.«

»Wirklich?« Er würgte die Frage hervor. Und versuchte gleichzeitig, Verenas Blick auszuweichen, was ihm jedoch nicht gelang, weil sie sein Gesicht noch immer zwischen ihren Händen hielt.

»Ja, natürlich. Deinen Eltern gefällt es nicht, daß wir soviel Zeit miteinander verbringen, oder?«

Andreas atmete erleichtert auf und lachte sogar. Aber was bedeutete es schon, daß Verena auf der falschen Fährte war? Die quälenden Überlegungen und Fragen blieben.

»Was meinen Eltern gefällt oder nicht gefällt, ist ihre Sache«, sagte er mit heiserer Stimme.

»Nicht nur«, widersprach Verena. »Nicht, wenn es dich betrifft – beziehungsweise uns.«

»Ach, vergiß meine Eltern einfach!«

»Wie könnte ich das? Ich möchte, daß du mir die Wahrheit sagst, Andy. Die ganze Wahrheit. Wir sind doch stark genug, um uns damit auseinanderzusetzen.«

Andreas nickte etwas halbherzig.

»Warum ist es nur so schwer, dich zum Sprechen zu bewegen?« seufzte Verena.

»Ich weiß es selbst nicht«, antwortete er unglücklich.

Seine gedrückte Stimmung steckte auch Verena an. Sie sah seine Eltern im Geiste deutlich vor sich. Henriette und Hubert Kellermann gaben sich ihr gegenüber zwar unverbindlich-freundlich. Aber daß sie als Freundin ihres Sohnes nicht akzeptiert wurde, spürte sie schon. Nur, bisher hatte es sie nicht besonders gestört. Das sah allerdings ganz anders aus, wenn Andreas tatsächlich und dauerhaft darunter litt. Was konnte sie in diesem Fall tun?

»Andreas . . .«

»Ja?«

»Für mich bedeutet Vertrauen sehr viel.«

»Für mich auch.«

»Dann sprich endlich!«

Er wandte sich zur Seite. Doch dann gab er sich einen Ruck, sah sie an und nahm sie bei den Schultern. Ganz ernst sah er sie an.

»Was ist mit dir und Richard Laibach?« brachte er schließlich etwas barsch hervor.

Diese Frage verschlug Verena die Sprache. Damit hatte sie nicht gerechnet. »Mit Richard und mir?« Sie mußte Zeit gewinnen. Warum arbeitete ihr Gehirn nicht? Wieso hatte sie plötzlich das Gefühl absoluter Leere?

»Ja«, sagte Andreas und bekräftigte mit einem Nikken, daß er eine Antwort auf seine Frage erwartete.

»Was soll denn mit uns sein? Wir sind gute Freunde!«

»Er ist bestimmt doppelt so alt wie du!«

»Fast. Richard ist einundvierzig. Darf man keine Freunde haben, die älter sind?«

»Verena! Bitte!« In Andreas' Stimme und seiner ganzen Haltung drückte sich Unwillen aus. »Du weißt genau, was mich beschäftigt!«

»Nein!« behauptete sie ebenso heftig. Sie sah ihn an, ohne daß sich etwas in ihrem Gesicht bewegte.

Jetzt konnte Andreas nicht mehr anders. Wo er das Thema nun schon einmal angesprochen hatte, wollte er endgültige Klarheit.

»Hast du ein Verhältnis mit Laibach gehabt?«

»Etwas Dümmeres fällt dir wohl nicht ein?«

»Das ist keine Antwort.«

»Dann wiederhole ich: Richard und ich sind Freunde. Nicht mehr und nicht weniger. Bist du jetzt zufrieden?«

»Entschuldige«, murmelte Andreas, der ihrem Blick nicht standhielt. Er blickte zu Boden. So schäbig wie jetzt hatte er sich kaum je zuvor in seinem Leben gefühlt. Und zu allem Überfluß war er eigentlich *nicht* zufrieden. Nicht mit sich, nicht mit Verena und nicht mit der ganzen Situation, in die sie geraten waren.

»Du glaubst mir nicht«, stellte Verena fest.

»Doch. Natürlich glaube ich dir.« Das stimmte. Er glaubte ihr, weil er ihr glauben wollte. Weil sie die erhoffte Antwort auf seine Frage gegeben hatte. Aber wie lange würde er glauben können? Waren Mißtrauen und Eifersucht endgültig ausgeräumt oder würden sie wiederkehren? Daß er sich überhaupt solche Fragen stellte, machte ihm Angst.

Von einer Minute auf die andere verfiel Andreas in einen Zustand hektischer Fröhlichkeit, die gar nicht zu ihm paßte. Er empfand sie selbst wie im Fieber.

»Heute abend machen wir einen Zug durch die Gemeinde«, schlug er vor. »Was hältst du davon?«

»Ja, einverstanden.« Aber die Begeisterung klang schwach. Wo blieb Verenas grenzenlose Lust am Leben? Im Augenblick schienen sie die Rollen vertauscht zu haben.

»Hubert, wir müssen einmal miteinander reden«, sagte Henriette am Frühstückstisch. Sie nutzte die Gelegenheit, daß keines der Kinder zugegen war. »Unter vier Augen.«

Hubert blickte seine Frau fragend an.

»Du weißt, worüber.«

»Hm. Sagen wir: Ich kann es mir denken.«

Henriette wollte keine Zeit durch Drumherumreden vergeuden. Sie kam sehr direkt zur Sache: »Andreas' Affäre mit diesem Mädchen nimmt Formen an, die mich beunruhigen.«

»Du hältst es also für ernst? Für mehr als eine Liebelei?«

»Ja. Ich bin inzwischen vollkommen sicher, daß es mehr ist.«

»Und was sollten wir tun, deiner Meinung nach?«

»Ich weiß es nicht, Hubert. Ich hoffe, daß du einen Vorschlag hast.«

Hubert hob die Schultern und ließ sie wieder fallen. Er lehnte sich zurück: »Ich habe mir selbst schon

Gedanken gemacht, was dich sicher nicht überrascht. Ich war auch drauf und dran, mir den Jungen vorzuknöpfen und einmal ganz offen mit ihm zu reden.«

»Aber du hast es nicht getan«, stellte Henriette fest.

»Nein.«

»Warum nicht?«

»Weil ich wahrscheinlich das Gegenteil von dem erreicht hätte, was wir uns wünschen.«

»Ja, das fürchte ich auch«, erwiderte Henriette nachdenklich. »Wir müssen einen anderen Weg finden, Hubert. Und zwar rasch. Wenn Andreas uns vor vollendete Tatsachen stellt, ist alles zu spät. Du weißt, wie starrsinnig er sein kann.«

Hubert räusperte sich; Henriettes letzte Bemerkung enthielt auch einen Vorwurf an seine Adresse. Bei anderen Gelegenheiten hatte sie ihm bereits ganz offen vorgeworfen, der Junge hätte seine Sturheit geerbt.

»Wir müssen ihm die Augen öffnen«, murmelte Hubert jetzt.

»Sehr richtig. Doch dazu brauchen wir Tatsachen.«

»Du sagst es. Daß dieses Mädchen aus dem falschen Stall kommt, weiß er selbst.«

»Er weiß auch, daß der Vater praktisch eine gescheiterte Existenz ist. Es wäre nicht nur vergeblich, es wäre nach meiner Überzeugung schlicht gefährlich, Andreas mit solchen Argumenten zu kommen.«

»Da stimme ich mit dir überein«, erklärte ihr Mann. »Möglicherweise gibt es bei den Köllners aber ein paar wirklich dunkle Flecken. Wenn wir die fänden . . .«

»Beispielsweise in Verena Köllners Vorleben«, fiel Henriette ihrem Mann ins Wort.

»Was kann da schon groß sein? Sie ist doch noch blutjung.«

»Das Mädchen ist zweiundzwanzig. Heutzutage kann eine Frau dieses Alters durchaus schon ein sehr umfangreiches Vorleben haben.«

»Ich kümmere mich darum«, versprach Hubert. »Ich weiß zwar noch nicht, auf welchem Weg und durch wen, aber irgendwie komme ich an die Informationen heran, die wir brauchen.«

»Du mußt vorsichtig sein«, mahnte Henriette. »Sollte Andreas vorzeitig Wind bekommen, könnte das katastrophale Auswirkungen haben.«

»Das fürchte ich auch«, murmelte Hubert, dessen Gedanken schon bei den nächsten Schritten waren. »Der Hitzkopf wäre dann vernünftigen Argumenten vermutlich gar nicht mehr zugänglich.«

Hubert Kellermann verfügte über weitreichende Beziehungen, und er verstand es, die Leute geschickt für sich arbeiten zu lassen. Es wäre doch gelacht, wenn er ausgerechnet über dieses Mädchen nichts herausbekommen sollte, was diese selbst lieber verdeckt gehalten hätte.

Zwei Tage später, als ihr Mann aus München zurückkam, sah ihm Henriette auf den ersten Blick an, daß er interessante Nachrichten mitbrachte.

»Also?« wollte sie wissen, sobald sie unter vier Augen miteinander reden konnten.

»Es gibt einen anderen Mann.« Hubert verkündete das mit einem sehr zufriedenen Gesichtsausdruck.

»Gibt oder gab?« drängte Henriette weiter.

»Er verkehrt jedenfalls nach wie vor im Haus der Köllners.«

»Das ist interessant. Weißt du mehr über ihn?«

»Allerdings. Ich weiß nicht nur seinen Namen, ich kenne ihn auch. Flüchtig.«

»Spann' mich bitte nicht so auf die Folter, Hubert. Wer ist dieser Mann?«

»Richard Laibach.«

Henriettes Augen weiteten sich. Ungläubig erkundigte sie sich:

»Etwa einer von *den* Laibachs?«

»Allerdings.« Hubert nickte.

»Hm. Die junge Dame scheint sich auf Männer aus unseren Kreisen spezialisiert zu haben. Am Ende war jene erste Begegnung, von der Andreas uns erzählt hat, gar kein Zufall, sondern sorgfältig geplant?«

»Möglich ist alles«, erwiderte Hubert.

Henriette stellte noch eine ganze Reihe von Fragen. Ihr Mann konnte nur einen Teil beantworten, vertröstete sie jedoch auf den kommenden Tag. »Morgen erhalte ich einen weiteren Bericht.«

»Sobald feststeht, daß das Mädchen tatsächlich ein Verhältnis mit diesem Richard Laibach hat . . .«

»Oder hatte.«

» . . . wirst du mit Andreas reden.«

Hubert nickte, obwohl ihm bei dem Gedanken an ein solches Gespräch mit seinem Sohn nicht sehr wohl zumute war.

Ungeduldig wartete Henriette tags darauf auf die Heimkehr ihres Mannes.

»Was hast du denn, Mama?« wollte Gabriele wissen.

»Nichts, mein Schatz. Gar nichts.«

»Ach, komm! So nervös wie du jetzt bist, war ich nicht mal vor meinem ersten Rendezvous. Warum sagst du mir nicht, was los ist? Weshalb werde ich in diesem Haus immer noch wie ein Kind behandelt?«

»Gabriele, bitte!«

Wenn ihre Mutter in diesem Tonfall sprach, war es besser, die Diskussion nicht fortzusetzen. Gabriele wußte das. Doch diesmal konnte sie sich nicht beherrschen. »Geht es um Andreas?«

»Es geht um gar nichts! Du gehst mir auf die Nerven!«

»Also hab' ich recht«, murmelte Gabriele. »Lag ja auch auf der Hand. Ich weiß schließlich, wie sehr ihr gegen Andys Freundin eingestellt seid. Dabei ist sie wirklich nett.«

Henriette beschränkte sich darauf, die Brauen hochzuziehen und ihre Tochter schweigend anzusehen.

»Stimmt doch, oder?« fragte Gabriele angriffslustig. »Wenn Verena aus dem ›richtigen‹ Stall käme, hättet ihr sie mit offenen Armen empfangen und wärt glücklich über eine solche Schwiegertochter.«

»Sie kommt aber nun mal nicht aus unseren Kreisen«, erwiderte Henriette knapp. »Sie paßt nicht zu uns.«

»Damit könntest du sogar recht haben«, murmelte Gabriele. Was sie weiterhin dachte, behielt sie lieber für sich: Wenn Verena wüßte, wie wir sind, würde sie es sich wahrscheinlich dreimal überlegen, ob sie wirklich in unsere Familie einheiraten wollte.

Zu Henriettes Erleichterung hatte ihre Tochter eine Verabredung und war nicht mehr im Haus, als Hubert zurückkam.

»Hast du Neuigkeiten?« überfiel Henriette ihren Mann sofort.

»Ich habe die Bestätigung für das, was zuerst nur eine Vermutung war«, antwortete er.

»Das heißt, dieses Mädchen hat tatsächlich ein Verhältnis mit Richard Laibach?«

»Ja.«

»Mir fallen Zentnerlasten von der Seele.« Henriette atmete tief durch. »Das wird Andreas die Augen öffnen.«

»Und er wird hoffentlich die notwendigen Konsequenzen ziehen«, fügte Hubert hinzu.

4

»Sie sprühen!« stellte Andreas fest. Er selbst blickte Verena strahlend an.

»Wer sprüht?«

»Deine Augen. Sie sprühen tausend kleine Blitze.«

»Ehrlich?«

»Jetzt sind es schon zehntausend.«

Verena lachte ausgelassen und glücklich. Sie umarmte Andreas und küßte ihn. An ihrem Himmel stand nicht ein einziges Wölkchen, mochte es draußen auch regnen und stürmen. Sie war unendlich glücklich, denn sie wußte, Andreas war der Mann, den das Schicksal ihr bestimmt hatte.

»Niemand weiß, daß wir hier sind. Oder?«

»Niemand«, bestätigte Andreas.

»Das ist unser Paradies. Und vorläufig auch unser Geheimnis.«

»Du fühlst dich hier zu Hause, ja?«

Verena nickte strahlend.

»Tante Adelheid hätte dich gemocht, das steht fest. Und sie hätte dir gefallen.«

»Ja, glaubst du?«

»Sie war ein bißchen das . . . na ja, nicht gerade das schwarze Schaf der Familie.«

»Das graue Schaf«, schlug Verena vor.

»So könnte man es sagen.« Andreas nickte mit einem kleinen Lachen. »Jedenfalls hielt man sie für aus der Art geschlagen.«

»Und man hat sich ihrer geschämt«, vermutete Verena. »Man denke nur: Eine so vornehme Sippe, und mittendrin eine Bäuerin!«

»Du kannst ganz schön spitz sein, weißt du das?«

»Ja, ich weiß«, bestätigte Verena.

»Aber du hast ja recht. Daß Tante Adelheid nicht nur

hier draußen auf dem Hof lebte, sondern ihn auch bewirtschaftete, hat der ›Sippe‹ wirklich nicht gefallen. Sie hätte es ja auch nicht nötig gehabt, obwohl sie nicht gerade reich war.«

»Nicht reich – an euren Maßstäben gemessen.«

»Möchtest du ganz hier leben? Könntest du dir das vorstellen, Verena?«

»Ich schon. Aber wie steht es mit dir?«

»Oh, ganz bestimmt.«

»Mit Tieren oder ohne?« neckte sie ihn.

»Mit Hund und Katz'«, lachte Andreas. »Daß ich nicht das Zeug zum Landwirt habe, weißt du doch.«

»Eigentlich schade um den Hof. Wo Stall und Tenne so gut in Schuß sind.«

»Wir bauen einfach alles um. Aus der Tenne wird ein riesiger Wohnraum, ganz rustikal . . .«

»Und aus den Ställen werden Kinderzimmer. Du, da bringen wir mindestens zwei Dutzend Kinder unter!«

»Himmel, hilf!« stöhnte Andreas in gespielter Verzweiflung.

»Wieso? Willst du etwa keine Kinder?«

»Zwei, ja. Aber nicht zwei Dutzend.«

»Schön. Darüber lasse ich mit mir reden.« Plötzlich brachen beide in übermütiges Lachen aus, knufften, kitzelten, boxten sich, rollten übereinander – und dann wurde aus dem kindlichen Spiel plötzlich ganz etwas anderes. Eine Leidenschaft entzündete sich an der anderen.

Andreas fühlte sich schwindlig wie nach einer Flasche Champagner auf nüchternen Magen; schwindlig und beschwingt zugleich.

Für mich gibt es keine andere Frau mehr, dachte er. Es wird nie wieder eine andere geben.

Als er an diesem Tag gegen Mitternacht in die Villa seiner Eltern zurückkehrte, war das Erdgeschoß noch hell erleuchtet. Andreas sah es schon, als er durch das schmiedeeiserne Tor fuhr.

Gäste? überlegte er. Nein, das konnte nicht sein, denn dann hätten Wagen vor dem Garagentrakt gestanden.

Ein unangenehmes Gefühl überkam ihn, er wußte es nicht zu deuten. Eine Ahnung drohenden Unheils. Natürlich wußte er, daß seine Eltern nicht glücklich über seine Beziehung zu Verena waren. Doch maß er dem kein allzu großes Gewicht bei. Sie würden sich daran gewöhnen, und irgendwann, daran bestand für ihn kein Zweifel, würden sie Verena nicht nur akzeptieren, sondern auch liebgewinnen.

Kaum hatte er die Eingangshalle betreten, erschien Hubert Kellermann in der offenen Bibliothekstür.

»Grüß dich, mein Junge.«

»Hallo, Papa.«

»Ich möchte mit dir reden. Kommst du bitte mal?«

Andreas nickte und folgte seinem Vater. Der schloß die Biliothekstür. Sie waren allein.

»Setz' dich doch.«

»Wird es lange dauern?«

»Nicht sehr lange – denke ich. Aber nimm trotzdem Platz.«

Andreas setzte sich also; er ließ keinen Blick vom Gesicht seines Vaters. Dabei dachte er: Wenn er sich solche Mühe gibt, nichts vor der Zeit zu verraten, wenn er diesen neutralen Ausdruck im Gesicht hat, bedeutet das immer Unheil.

Er wußte ja, daß er die Zügel schleifen ließ, seit Verena in sein Leben getreten war. Er brauchte mehr Zeit für sich als früher, aber es war sein gutes Recht, sich diese Zeit zu nehmen.

»Was ich dir zu sagen habe, ist nicht erfreulich.«

Dieser Beginn bestätigte nur Andreas' Vermutungen. Deshalb beschränkte er sich auch auf ein Nicken, das besagen sollte: Zur Kenntnis genommen. Mach' bitte weiter.

»Aber es muß sein. – Sagt dir der Name Laibach etwas? Richard Laibach?«

Andreas war so überrascht, daß er sich ruckartig aufrichtete.

Was . . .« Mehr brachte er nicht heraus.

»Du kennst ihn also. Aber du weißt offenbar nicht, in welcher Beziehung Laibach zu Fräulein Köllner steht.«

»Natürlich weiß ich das!« War das seine Stimme? Weshalb klang sie so fremd und so verdammt gepreßt?

»Ach, wirklich?«

»Laibach ist ein Freund von Verenas Vater. Er ist auch mit Verena befreundet.«

»Das Wort ›Freundschaft‹ kann heutzutage alles mögliche bedeuten«, meinte sein Vater vielsagend.

»Für mich hat es in diesem Zusammenhang nur eine Bedeutung«, erklärte Andreas kühl. Seine Stimme enthielt eine Warnung.

Hubert begriff das durchaus, ignorierte die Warnung jedoch und fuhr fort: »Ich sage dir das nicht gern, mein Junge. Und ich hoffe, du kreidest dem Boten nicht die schlimme Botschaft an: Verena Köllner hat ein Verhältnis mit Richard Laibach.«

»Das ist nicht wahr!« In diesen Sekunden sah Andreas Verenas liebes, schönes Gesicht deutlich vor sich, und er hörte auch ihre Stimme, die ihm versicherte, daß Richard Laibach und sie nie etwas anderes als Freunde gewesen seien.

»Es ist wahr«, beharrte Hubert. »Möglicherweise hat Fräulein Köllner diese Beziehung abgebrochen, seit du in ihr Leben getreten bist. Doch dafür, daß es ein Verhältnis gegeben hat, lege ich meine Hand ins Feuer.«

Andreas schüttelte den Kopf. »Ich glaube es nicht. Woher hast du diese Gerüchte überhaupt?«

»Es handelt sich nicht um Gerüchte, sondern um Tatsachen, Andreas.«

»Woher, Vater?« beharrte Andreas auf einer Antwort.

»Das werde ich dir nicht verraten. Es wäre nicht richtig, meinen Informanten gegenüber.«

»Informanten? Verleumder sind das!«

»Das sind sie nicht – und ich glaube, du weißt es. Ich lese in deinem Gesicht, daß du schon selbst einen Verdacht gehabt hast.«

Ein langes, lastendes Schweigen breitete sich über Vater und Sohn. Es währte, bis Hubert ruhig fragte: »Was wirst du jetzt tun?«

Andreas erhob sich abrupt und ging zur Tür. Dort blieb er stehen und gab zur Antwort: »Jedenfalls nicht das, was du erwartest, Vater. Ich liebe Verena. Nichts wird uns auseinanderbringen.«

Droben im ersten Stock wäre Andreas um ein Haar mit seiner Schwester zusammengestoßen, die hinter einem schweren gotischen Schrank hervorkam und ihm den Weg vertrat.

»Was machst du denn hier?« fragte er unfreundlich.

»Ich hab' auf dich gewartet. Dicke Luft, wie?«

»Allerdings«, knurrte Andreas. Er und Gabriele kamen nicht immer gut miteinander aus, aber wenn einer in Schwierigkeiten steckte, konnte er sich stets auf den anderen verlassen. Das war schon früher so gewesen, während der Kindheit, und es galt auch heute noch.

»Komm, wir gehen in dein Zimmer«, schlug Gabriele vor.

In seinem Zimmer ließ Andreas sich in einen Sessel

fallen. Gabriele, die nur ein dünnes Nachthemd trug, kroch unter seine Bettdecke.

»Was hat Papa von dir gewollt?«

»Kannst du dir das nicht denken?«

»Doch. Sie hecken seit Tagen etwas aus, Papa und Mama. Ich wußte gleich, um wen es geht – um Verena.«

»Was weißt du noch?« fragte Andreas.

»So gut wie nichts. Die beiden sind zugeknöpft wie selten.« Gabriele verdrehte die Augen, um Verzweiflung anzudeuten.

»Das ist wirklich zum Heulen! Nur weil du ein Mann bist, behandeln sie dich wie einen Erwachsenen. Aber ich bin und bleibe das ›Kind‹!«

»Nun hab' dich mal nicht«, murmelte Andreas abwesend, denn seine Gedanken waren bei Verena. »Immerhin bin ich auch drei Jahre älter.«

»Na und? Immerhin bin *ich* einundzwanzig!«

Sie beruhigte sich dann wieder, und Andreas berichtete ihr von dem Gespräch mit ihrem Vater.

»Glaubst du, daß da etwas dran ist?« fragte Gabriele, während sie eine Grimasse schnitt.

»Natürlich nicht.«

»Wer kann nur diese – diese Dreckschleuder sein, von der Papa seine Weisheit hat?«

»Ich habe keine Ahnung. Leider.«

»Wenn du so sicher bist, daß es nicht stimmt«, meinte Gabriele, »brauchst du dich doch auch nicht aufzuregen.«

Das war leicht gesagt.

»An deiner Stelle«, fuhr sie fort, weil ihr Bruder schwieg, »würde ich mit Verena über alles sprechen. Und dann lacht ihr gemeinsam darüber.«

Andreas sah sie liebevoll lächelnd an. »Manchmal bist du wirklich zu gebrauchen, kleine Schwester. Ich werde mich an deinen Vorschlag halten.«

»Du tätest gut daran«, versicherte Gabriele. »Aber ich bin nicht nur *manchmal* zu gebrauchen.«

Gabriele verließ das Zimmer ihres Bruders, und der ging endlich zu Bett. Er fühlte sich wie zerschlagen. Doch er fand keinen Schlaf. Nachdem er sich fast eine Stunde lang hin- und hergewälzt hatte, machte er das Licht wieder an und versuchte zu lesen. Aber auch das klappte nicht.

»Warum tun sie uns das an«, murmelte er, den Blick zur Decke gerichtet. »Warum vergewissern sie sich nicht erst, wie ernst es Verena und mir ist. Und wieso geben sie Verena nicht wenigstens eine Chance?«

Er war überzeugt davon, daß Verena diese Chance nutzen würde und daß sie leichtes Spiel hätte, seine Eltern für sich einzunehmen. Denn sie war einfach fabelhaft. Und über jeden Zweifel erhaben.

Doch seine Mutter und sein Vater waren ja vom ersten Augenblick an gegen Verena eingestellt gewesen. Die haben sie nicht mal richtig angeschaut, dachte Andreas verzweifelt. Wie kann man bloß so verbohrt und engstirnig sein?

Es tat weh, daß die eigenen Eltern sich so benahmen. Wohin sollte das denn führen? Am Ende würde man sich total miteinander überwerfen.

Und dann? Doch eines stand für Andreas felsenfest: Er würde immer und unter allen Umständen zu Verena halten. Weil er sie liebte. Und weil er nicht zulassen durfte, daß ihr Unrecht geschah.

Irgendwann schlief er dann doch ein, kurz vor Morgengrauen. Er hatte unruhige, bedrückende Träume, und als er gegen neun Uhr erwachte, fühlte er sich schlechter als vor dem kurzen Schlaf.

Sein Vater hatte das Haus bereits verlassen, als Andreas zum Frühstück herunterkam. Henriette hatte zwar auch längst gefrühstückt, doch setzte sie sich ihrem Sohn gegenüber. Sie sah ihn besorgt an.

»Du hast offenbar nicht gut geschlafen.«

»Wundert dich das?«

»Nein. – Es tut mir leid, Andreas.«

»Was tut dir leid?«

»Daß es so gekommen ist. Hoffentlich verstehst du unsere Beweggründe.«

»Die euch dazu veranlaßt haben, Intrigen zu spinnen?« fragte er heftig. »Nein, dafür fehlt mir jedes Verständnis, Mama!«

»Intrigen?« Henriette schüttelte den Kopf. »Das kannst du nicht wirklich glauben. Alles, was dein Vater dir letzte Nacht gesagt hat, ist leider wahr.«

»Ich bin sicher, es ist von A bis Z erstunken und erlogen!« widersprach Andreas.

»Woher willst du das wissen?«

»Ich weiß es eben«, erwiderte Andreas patzig. Doch dann bequemte er sich zu der Auskunft: »Ich wußte schon lange von Verenas Freundschaft mit Richard Laibach. Ich habe ihn ja selbst im Haus der Köllners kennengelernt. Zwischen ihm und Verena ist nichts gewesen, dessen sie sich schämen müßte.«

Henriette schwieg bedeutungsvoll.

»Du kannst es glauben oder nicht, Mama«, sagte Andreas heftig. »Aber eins merke dir: Ich hasse Intrigen. Und ich hasse es, wenn sich jemand in meine Angelegenheiten mischt. In dieser Sache ist das letzte Wort noch nicht gesprochen.«

Damit knüllte er seine Serviette zusammen, warf sie auf den Tisch, stand auf und verließ den Raum mit langen Schritten.

Henriette kam nicht dazu, etwas zu erwidern. Sie saß noch Minuten später wie betäubt am Frühstückstisch.

Auf der Fahrt nach München – er hatte heute in der Universität zu tun – zerbrach Andreas sich den Kopf: Sollte er Verena alles sagen, oder sollte er versuchen, sie aus diesem ganzen Schmutz herauszuhalten?

Es war wirklich schwierig, das zu entscheiden. Zu jedem Argument fiel ihm prompt ein Gegenargument ein. Aber schließlich beschloß Andreas doch, Verena reinen Wein einzuschenken. Wie hätte er ihr auch andernfalls in die Augen blicken können?

Ein Gefühl der Ohnmacht erfüllte ihn und stachelte seinen Groll an: Da ließ der eigene Vater sich von irgendwem gemeine Lügen auftischen, und er glaubte nicht nur daran, er verwehrte es dem Sohn auch, zu beweisen, daß es sich um schmutzige Lügen handelte. Machte ihm das unmöglich, indem er sich hinter der vordergründig anständigen Haltung verschanzte, seine Informanten schützen zu müssen.

Über eines dachte Andreas seltsamerweise in diesen Stunden gar nicht nach. Über seine eigenen Ängste und Zweifel nämlich, die in ihm aufgekeimt waren, als er Verena und diesen Richard Laibach das erste Mal miteinander gesehen hatte.

In seiner Zerrissenheit und Trauer achtete er nicht auf den Weg, bog falsch ab und verfuhr sich so gründlich, wie er es überhaupt nicht für möglich gehalten hätte. Schließlich kannte er München doch seit frühester Jugend.

Schließlich kam er in der Nähe des Hauptbahnhofs heraus. Es war, wie ihm ein Blick zur Uhr zeigte, inzwischen zu spät für seine Vorlesung. Deshalb änderte er seine Pläne. Er wollte jetzt nur rasch ein paar Besorgungen erledigen und dann nach Grünwald zurückkehren, um Verena zu sehen und mit ihr zu sprechen.

Doch dann fiel ihm etwas ein, was er vorher noch tun könnte. Die Änderung seiner Pläne sollte weitreichende Folgen haben. Er stellte seinen Wagen im Parkkeller unter dem Stachus ab und ging mit entschlossenen Schritten zum Lift.

Richard Laibach kam von einer Besprechung mit Geschäftspartnern und hatte den Kopf noch voller Zahlen und Klauseln, als er sich plötzlich einem jungen Mann gegenübersah, der ihm im Weg stand und offenbar nicht die Absicht hatte, zur Seite zu gehen.

»Guten Tag, Herr Laibach.«

»Ach, Sie sind das.« Richards Stimme klang abwesend. »Wie geht's, Herr Kellermann?«

Ich möchte mit Ihnen sprechen.«

»So? Nun, ich habe zwar wenig Zeit, doch wenn es wichtig ist . . .«

»Es ist wichtig«, sagte Andreas knapp.

»Nun gut.« Richard ließ seinen Blick schweifen. Dann schlug er vor: »Gehen wir doch auf einen Drink dort hinüber. Um diese Zeit müßte es möglich sein, dort noch einen freien Tisch zu bekommen.«

Sie betraten das Restaurant im Lenbachhaus; Richard war hier gut bekannt und bekam einen kleinen Tisch am Rande, an dem man sich ungestört unterhalten konnte.

»Was kann ich für Sie tun, Herr Kellermann?« fragte er, als sie Platz genommen hatten.

Andreas antwortete nicht sofort. Er betrachtete das gebräunte, faltenreiche Gesicht, das trotzdem jugendlich wirkte.

»Wie geht es Verena?« stellte Richard eine andere Frage.

»Wissen Sie das nicht?«

»Ich war nicht mehr in Grünwald, seit wir uns dort kennengelernt haben.«

»Verena geht es gut.« Andreas starrte die Tischplatte an.

»Aber Sie sehen aus, als hätten Sie Sorgen«, stellte Richard fest.

»Die Sie vielleicht zerstreuen können, Herr Laibach.«

»So?«

»Beantworten Sie mir nur eine Frage: Haben oder hatten Sie ein Verhältnis mit Verena?«

»Hoppla«, antwortete Richard, während er sich zurücklehnte. Um seine Mundwinkel zuckte ein undefinierbares Lächeln. »Sie fragen sehr direkt.«

»Und unmißverständlich. Ich hoffe, daß Ihre Antwort ebenso direkt und deutlich ausfällt.«

»Was möchten Sie trinken?«

Andreas machte eine unwillige Handbewegung, doch da stand der Kellner schon am Tisch. Widerwillig fügte Andreas sich in den Aufschub.

»Wollen Sie mir jetzt bitte eine Antwort geben?« drängte er ungeduldig, als der Kellner sich wieder entfernt hatte.

»Warum wenden Sie sich mit Ihrer Frage eigentlich nicht an Verena?«

»Das habe ich getan.«

»Nun, dann wissen Sie ja Bescheid.«

»Sie weichen mir aus!«

Richard musterte Andreas und schüttelte den Kopf.

»Ich verstehe Sie nicht«, sagte er leise. »Was bezwekken Sie eigentlich? Genügt es Ihnen nicht, daß Verena Sie liebt? Wissen Sie nicht, was für ein Glückspilz Sie sind?«

Andreas hörte ihn reden, doch was Richard sagte, blieb nicht in seinem Kopf haften. Alles glitt vorbei. Alles schien in Bewegung. Er glaubte, im freien Fall durch den Raum zu stürzen. Ihm war ganz wirr. Er wußte nicht mehr zwischen der Wirklichkeit und dem, was seine überhitzte Einbildungskraft ihm vorgaukelte, zu unterscheiden.

»Es ist also wahr«, flüsterte Andreas heiser.

»Was ist wahr?«

»Verena ist Ihre Geliebte.«

»Nein, das ist sie nicht!« widersprach Richard ärgerlich und mit Nachdruck.

»Ich glaube Ihnen kein Wort. Sie lügen!«

Richard starrte ihn sekundenlang aus zusammengekniffenen Augen an. Er schob das Kinn vor, seine Schultern strafften sich unter dem Sakko.

»Verena ist nicht meine Geliebte«, stellte er noch einmal klar. Sein Ton war inzwischen recht unfreundlich.

»Aber sie war es? Bis wann?«

»Plötzlich verstehe ich nicht mehr, weshalb Verena Sie liebt. Ich fürchte, sie hat ein vollkommen falsches Bild von Ihnen.«

Andreas schluckte und verkniff sich die nächste Bemerkung. Er merkte jetzt, daß er sich schon tief genug hineingeritten hatte.

»Also gut: Verena und ich hatten etwas miteinander.« Richard machte einen ganz beherrschten Eindruck. Er sprach ein wenig von oben herab. »Es war wunderschön, aber es hat nicht lange gedauert. Was wiederum nicht an mir gelegen hat.«

Andreas schüttelte sich.

Richard, der ihn beobachtete, wurde an einen angeschlagenen Boxer erinnert.

»Wollen Sie Verena einen Vorwurf daraus machen, Herr Kellermann? Für etwas, das längst vorüber war, als Sie auf der Bildfläche erschienen?«

»Sie verstehen überhaupt nichts«, murmelte Andreas, ohne Richard anzusehen.

»Bitte, was verstehe ich nicht?«

»Nichts.«

»So kommen wir doch nicht weiter. Ich werde nicht klug aus Ihnen, ehrlich gesagt. Ja, ja, ich weiß, Sie stammen aus einer sehr konservativen Familie. Ich kann mir vorstellen, wie Ihre Erziehung ausgesehen hat. Trotzdem: Ihre Reaktion würde vielleicht ins neunzehnte Jahrhundert passen, aber doch nicht in die heutige Zeit!«

Der Kellner brachte die bestellten Getränke und

brachte Richard vorübergehend zum Verstummen. Als sie wieder allein waren, fragte er:

»Werfen Sie Verena eigentlich vor, daß sie für kurze Zeit meine Geliebte gewesen ist – oder ganz etwas anderes?«

Andreas setzte zu einer Antwort an, brachte sie nicht über die Lippen, stand abrupt auf und verließ das Restaurant, ohne noch ein einziges Wort zu sagen.

Richard nahm einen Schluck von seinem trockenen Martini. Er schaute sehr nachdenklich drein. Was soll ich jetzt tun? fragte er sich. Soll ich Verena anrufen oder die ganze Geschichte vergessen?

Er schuldete Verena mindestens einen Hinweis. Nachdem er zu dieser Überzeugung gekommen war, stand er auf und ging zum Telefon. Eine halbe Ewigkeit verging, bis am anderen Ende abgenommen wurde. Leider war es Anton Köllner, der sich meldete.

»Wie geht es dir?« erkundigte Richard sich, nachdem er seinen Namen genannt hatte.

»Rufst du wirklich an, um das zu hören?«

»Natürlich nicht.«

»Also willst du das Kind sprechen. Aber da hast du Pech gehabt.«

»Ist Verena nicht zu Hause?«

»Verena ist neuerdings nie mehr zu Hause«, übertrieb Anton.

»Wo kann sie denn sein?«

»Wo schon?« fragte Anton zurück.

»Wenn sie aber zufällig nicht bei diesem Kellermann ist, wo könnte sie dann stecken?«

»Da bin ich überfragt. Soll ich ihr etwas ausrichten, wenn ich sie wieder einmal sehe?«

Richard zögerte nur zwei oder drei Sekunden. Dann sagte er:

»Nein, danke. Ist nicht nötig. Grüß sie nur von mir und sag ihr, daß ich ihr von Herzen Glück wünsche.«

5

Ob Verena noch zu Hause war? Oder vielleicht schon draußen auf dem Hof? Sie fuhr öfter mit dem Fahrrad hinaus und wartete dort auf ihn.

Andreas hatte Grünwald noch nicht erreicht, als er sich plötzlich über dem Lenkrad zusammenkrümmte. Ein furchtbarer Schmerz fuhr durch seinen Leib. Vergleichbares hatte er nie zuvor verspürt.

Der Anfall dauerte glücklicherweise nur wenige Sekunden. Instinktiv hatte Andreas die Geschwindigkeit herabgesetzt. Jetzt lenkte er den Wagen an den Straßenrand und stoppte. Er kippte die Rückenlehne ein wenig nach hinten und ließ sich dagegensinken. Während er sich zwang, tief und gleichmäßig zu atmen, fuhr er sich mit der Hand über die – schweißnasse – Stirn.

»Was war das bloß«, murmelte er undeutlich.

Ihm fiel jetzt ein, daß er in der letzten Zeit öfter Magenschmerzen gehabt hatte. Er hatte dem keine Bedeutung beigemessen. Als er sich wieder aufrichtete, zitterte er am ganzen Körper. Er fühlte sich schlapp und schwindelig.

Ohne darüber nachzudenken, steuerte er die elterliche Villa an.

Als er sich ins Haus schleppte, stand plötzlich seine Mutter vor ihm.

»Andreas«, rief sie erschrocken. »Was hast du denn? Was ist passiert?«

»Nichts«, antwortete er gepreßt. »Ich fühl mich bloß nicht besonders.«

»Du wirst doch nicht krank werden?«

»Nein, nein.«

»Aber du hast Schmerzen! Ich seh's dir an!« Henriette blieb an seiner Seite.

»Wahrscheinlich hab' ich mir den Magen verdorben. Oder es ist eine Sommergrippe.«

»Du legst dich hin, und ich rufe sofort Doktor Frank an«, entschied Henriette.

»Das wirst du bitte nicht tun. Ich brauche doch keinen Arzt – wegen so einer Kleinigkeit.«

Aber seine Mutter ließ sich auf gar keine Diskussion ein. Sie begleitete ihn bis zu seinem Zimmer, kehrte dann ins Erdgeschoß zurück und wählte die Nummer von Dr. Franks Praxis. Er war schon seit Jahren der Hausarzt der Familie Kellermann.

»Nee, Frau Kellermann, den Doktor könn' Se jetzt nich sprechen«, sagte Schwester Martha, die das Gespräch entgegennahm.

»Aber ich muß mit ihm reden! Es ist sehr dringend!«

»Wo fehlt et denn?« erkundigte die Praxishelferin sich mit dem typisch berlinerischen Tonfall. Sie würde sich wohl nie an den süddeutschen Dialekt gewöhnen, dachte Henriette Kellermann amüsiert.

»Es geht um meinen Sohn. Er ist in einem besorgniserregenden Zustand«, erklärte sie.

Schwester Martha fragte gezielt nach Einzelheiten. Henriette antwortete zwar, wurde aber von Sekunde zu Sekunde nervöser. Ihre Stimme wurde hektisch.

»Wollen Sie mich nicht endlich mit Doktor Frank verbinden?«

»Det täte ick ja jern, aba Herr Doktor is im Momang nich da, Frau Kellermann.«

»Und warum haben Sie mir das nicht gleich gesagt?« seufzte Henriette.

»Herr Doktor muß jede Minute wiedakommen, denn werd' ick ihm berichten. Un nu valiern Se man nich den Kopp, wa? Ick denke, so schlimm is det nich mit Ihrem Andreas.«

»Woher wollen Sie das denn wissen?« fragte Henriette, aber sie beruhigte sich bereits wieder. »Bitte,

Doktor Frank soll mich aber sofort anrufen, wenn er zurück ist. Oder, noch besser, gleich herkommen. Versprechen Sie mir, ihm das auszurichten?«

Schwester Martha versprach's.

Etwa zwanzig Minuten später stoppte Doktor Frank seinen Wagen vor der Kellermannschen Villa. Eines der Hausmädchen öffnete ihm.

»Die gnädige Frau ist droben bei Herrn Andreas, Herr Doktor. Sie möchten bitte hinaufkommen.«

»Danke.«

Henriette hörte die Schritte des Arztes und kam ihm entgegen. Sie machte einen völlig aufgelösten Eindruck, so daß Stefan Frank sich unwillkürlich fragte, wer den hier wohl einen Arzt brauchte, Andreas oder seine Mutter.

»Doktor Frank!«

»Grüß Gott, Frau Kellermann.«

»Kommen Sie! Schnell! Es geht vielleicht um Minuten. Der arme Junge windet sich vor Schmerzen.«

Das war tatsächlich nicht übertrieben. Andreas lag zusammengekrümmt auf dem Bett und stöhnte leise. Frank stellte seine Tasche ab und beobachtete den jungen Mann aufmerksam, während er ihn begrüßte und die ersten Fragen stellte.

»Er muß etwas Falsches gegessen oder getrunken haben, Doktor Frank«, ließ die besorgte Henriette sich vernehmen. »Womöglich handelt es sich um eine Vergiftung. Tun Sie doch bitte endlich etwas!

Doktor Frank wandte sich zu ihr um.

»Lassen Sie mich Ihren Sohn erst einmal untersuchen, ja?«

Henriette zog sich zurück. Sie hatte begriffen, daß sie störte.

»So, dann wollen wir mal schauen, Andreas.« Frank tastete ab, hörte ab, stellte weitere Fragen.

Andreas erklärte ihm, daß diese krampfartigen, dann

wieder stechenden Schmerzen im Oberbauch nie zuvor aufgetreten seien. Geduldig versuchte der Arzt es auf Umwegen und brachte seinen Patienten so schließlich dazu, einzuräumen:

»Verdauungsbeschwerden hab' ich in der letzten Zeit schon hin und wieder gehabt. Auch Sodbrennen.«

»Haben Sie erbrochen?«

»Nein. Das heißt, – nur einmal.«

»War Ihnen auch nur dieses eine Mal übel?«

Andreas wollte schon bejahen, aber das wäre eine Lüge gewesen. Ihm fiel ein, daß er sich morgens manchmal richtig schlecht gefühlt hatte. Er berichtete davon und fügte hinzu:

»Aber es war nicht so schlimm, daß ich mir Gedanken darüber gemacht hätte. Ich hab's mal für einen Kater gehalten, mal für die Begleiterscheinung einer Erkältung. – Was fehlt mir denn, Doktor Frank?«

»Für eine genaue Diagnose ist es zu früh. Aber wundern würde es mich nicht, wenn wir es mit einem Ulcus ventriculi zu tun hätten.«

»Magengeschwüre?«

»Ja.« Der Arzt nickte.

»Aber wieso denn? Mein Magen war immer in Ordnung!« begehrte Andreas auf. »Und überhaupt: haben Magengeschwüre nicht nur ältere Leute?«

»Durchaus nicht.«

»Und woher soll das bei mir plötzlich kommen?«

»Das müssen wir herausfinden. Ein wesentlicher Auslösefaktor ist oft körperlicher oder seelischer Streß. Wenn die Ordnung im psychosozialen Bereich gestört ist, werden über das vegetative Nervensystem aggressive Mechanismen gefördert. Das führt unter anderem zu einer erhöhten Produktion von Magensaft. Es werden aber auch biochemische Abläufe in Gang gesetzt, über die wir bisher noch kaum etwas wissen.«

»Streß.« Andreas wiederholte nur dieses eine Wort.

»Ja, das wäre eine Erklärung.« Er zwang sich zu einem Lächeln: »Wissen Sie, ich hatte in der letzten Zeit ziemlich viel um die Ohren.«

»Das ist bei Ihnen ständig der Fall, wenn ich mich nicht irre«, erwiderte Doktor Frank. »Ich habe Sie ja schon einmal davor gewarnt, sich zu übernehmen.« Im letzten Winter hatte ein grippaler Infekt Andreas stärker als normal zugesetzt. »In Ihrem Alter hält man seine Kräfte für unerschöpflich. Das sind sie aber nicht.«

Andreas vermochte sich nicht auf das, was der Arzt sagte, zu konzentrieren. Er hatte plötzlich wieder Verenas Bild vor Augen. Er sah eine lächelnde, glückliche Verena.

Wie konnte diese Frau, die er über alles liebte, ihn belügen? Verena und die Lüge, das paßte einfach nicht zueinander. Und doch hatte sie ihm nicht die Wahrheit gesagt. Hatte behauptet, sie und Laibach seien Freunde und nichts sonst.

»Andreas.«

»Ja?« Er zuckte zusammen. »Entschuldigen Sie, Doktor Frank, ich – habe gerade an etwas denken müssen.« Seine Stimme wurde immer leiser, bis sie kaum mehr zu verstehen war.

»Sie haben an etwas gedacht, das möglicherweise Auslöser Ihrer Beschwerden sein könnte?«

»Woher wissen Sie das?«

»Ich wußte es nicht. Aber es lag nahe.«

Andreas wollte nicht von Verena sprechen. Nicht jetzt. Und nicht mit Doktor Frank.

»Wie geht es jetzt weiter?« fragte er.

»Wir müssen zu einer gesicherten Diagnose kommen. Die notwendigen Untersuchungen und Tests kann ich hier leider nicht durchführen.«

»Ich muß also in Ihre Praxis kommen?«

»Ich sähe es lieber, wenn Sie für ein oder zwei Tage in die Waldner-Klinik gingen. In meiner Praxis kann ich

Sie nicht röntgen. Ich müßte Sie an einen Facharzt überweisen.«

Andreas dachte kurz darüber nach und entschied sich für die Klinik. Er wollte nicht von einem Arzt zum anderen laufen.

Doktor Frank telefonierte von der Villa der Kellermanns aus mit der am Englischen Garten gelegenen Privatklinik und vereinbarte, daß Andreas sich am nächsten Morgen dort einfinden sollte. Dann kehrte er zu seinem Patienten zurück, um ihm das mitzuteilen.

»Wie fühlen Sie sich jetzt?«

»Besser. Ich habe fast keine Schmerzen mehr. Das Präparat, das Sie mir gegeben haben, scheint schnell und gut zu wirken.«

»Es ist ein Medikament, das sedierende und vegetativ entspannende Wirkung hat. Diese Wirkung wird bis morgen früh anhalten.« Doktor Frank erwartete nicht, daß sich Andreas' Befinden vor dem nächsten Tag verschlechtern würde, aber er wies ihn trotzdem darauf hin: »Ich bin vom frühen Abend an und während der Nacht telefonisch zu erreichen. Lassen Sie anrufen, wenn Sie mich brauchen.«

Die Schmerzen waren so gut wie ganz verschwunden, aber Andreas fühlte sich miserabel. Alles andere wäre ja auch ein Wunder gewesen. Wie sollte ein Mensch, dessen Welt gerade eingestürzt war, sich denn wohlfühlen?

Es kostete ihn Überwindung, sich aufzusetzen und die Beine aus dem Bett zu schwenken. Es kostete noch mehr Überwindung aufzustehen. Plötzlich begann sich alles um ihn herum zu drehen. Unwillkürlich suchte er Halt am nächsten Möbelstück.

Zum Anziehen brauchte er mindestens zehn Minuten. Hoffentlich kam seine Mutter nicht auf die Idee, nach ihm zu sehen. Er hatte bisher den Schlafenden gemimt, um Ruhe vor ihr zu haben. Was er jetzt absolut nicht gebrauchen konnte, war eine Auseinandersetzung über seine Absicht, das Haus zu verlassen.

Er hatte Glück. Henriette wurde erst aufmerksam, als der Motor seines Wagens ansprang. Zwar eilte sie hinaus und winkte und rief seinen Namen, doch das ignorierte Andreas. Er tat einfach so, als hätte er nichts bemerkt, indem er stur geradeaus schaute und gleich darauf das schmiedeeiserne Tor passierte, das sich hinter ihm wieder schloß.

Natürlich war es Leichtsinn, in seinem Zustand Auto zu fahren. Andreas wußte es, redete sich jedoch mit zusammengebissenen Zähnen ein, die Fahrt verantworten zu können. Außerdem blieb ihm gar nichts anderes übrig. Er mußte Verena sehen und mit ihr sprechen. »Wenn sie dabei bleibt, daß mit Laibach nichts gewesen ist, werde ich ihr glauben«, versicherte Andreas sich selbst.

Er erreichte den Weiler und den von Tante Adelheid geerbten Hof. Verenas Fahrrad stand neben der Tür. Als er ausstieg, kam sie ihm schon entgegen, fröhlich und lebhaft wie immer. Doch dann stockte ihr Schritt, und das Lächeln schwand. Es machte einem Ausdruck großer Sorge Platz.

»Andy, was hast du denn? Du bist leichenblaß!«

»Ach, es ist nichts weiter«, behauptete er. »Laß uns hineingehen.«

»Bist du krank?«

Sie bekam keine Antwort auf ihre besorgte Frage. Statt dessen erzählte Andreas: »Ich war heute früh in der Stadt.«

»Ja, ich weiß. Du wolltest . . .«

»Ich habe Laibach getroffen«, unterbrach er sie.

Verena senkte den Kopf. Doch gleich hob sie ihn wieder und sah Andreas offen an.

»Es tut mir leid. Ich habe die Lüge sofort bereut, nachdem ich sie ausgesprochen hatte.«

»Aber warum?« fragte er verzweifelt. »Warum hast du mich belogen?«

»Ich weiß es nicht.« Die klare, ohne das geringste Zögern gegebene Antwort verriet, daß Verena gründlich darüber nachgedacht hatte.

»Du hättest dich korrigieren können«, warf er ihr vor. »Wenn es stimmt, daß du die Lüge sofort bereut hast, wieso hast du sie dann nicht zurückgenommen?«

»Ich war zu schwach«, gab sie zu. »Weil du mir geglaubt hast.«

Andreas sah sie an und schüttelte den Kopf. »Wenn ich nicht so vertrauensselig gewesen wäre, hättest du mir also die Wahrheit gesagt?«

»Ja. Ich glaube schon.«

»Und ich glaube das nicht. Ich kann dir überhaupt nichts mehr glauben.« Er spuckte diese Worte geradezu aus, das Gesicht vor Wut und Verzweiflung verzerrt.

»Dann ist es also aus«, murmelte Verena. Ihre wunderschönen graublauen Augen hatten jeden Glanz verloren. Jetzt füllten sie sich mit Tränen. Sie wollte um ihr Glück, wollte um Andreas kämpfen, doch sie konnte nicht. Sie kam sich vor wie eine Marionette, der man alle Fäden abgeschnitten hatte. Jede Bewegung wurde zur fast unerträglichen Anstrengung.

»Ja, es ist aus«, hörte Andreas sich sagen. Er mußte fort von hier, so schnell wie möglich. Nicht, weil er Verenas Gegenwart nicht länger ertragen hätte, sondern weil er wußte, daß er sich nicht mehr lange auf den Beinen halten konnte.

Unter gar keinen Umständen wollte er in Verenas Beisein zusammenbrechen.

Als er sich umwandte und steifbeinig zur Tür ging, drehte sich wieder alles um ihn. Um ein Haar wäre er gegen den Türpfosten geprallt. Irgendwie gelang es ihm, seinen Wagen zu erreichen und den Motor zu starten.

»Andreas. Um Himmels willen.« Verena wollte schreien, wollte ihn zurückhalten. Aus ihrem Mund kam jedoch nur ein Flüstern, und sie stand wie gebannt – bis es zu spät war.

Mit fahriger Bewegung griff sie nach dem Hausschlüssel. Sie zitterte am ganzen Körper, als sie sich auf ihr Rad schwang und Andreas folgte.

Natürlich konnte sie ihn nicht einholen. Das war ihr vollkommen klar. Deshalb war es Wahnsinn, so heftig in die Pedale zu treten und die abschüssige, schmale Straße hinabzurasen.

Nur wenig später läutete bei Doktor Frank das Telefon. Er nahm selbst ab, weil er gerade an Schwester Marthas Tisch direkt neben dem Apparat stand.

»Winter«, stellte jemand am anderen Ende sich vor. »Sie kennen mich nicht. Aber ich habe gerade einen jungen Mann gefunden, der einen leichten Unfall hatte. Sein Name ist Andreas Kellermann, und er hat Ihren Namen genannt, bevor er ohnmächtig geworden ist. Aber schwer verletzt scheint er nicht zu sein.«

»Wo sind Sie?« fragte Doktor Frank knapp.

»Südlich von Grünwald. Ich rufe vom Wagen aus an.«

Der Arzt beschrieb dem Mann den kürzesten Weg zu seiner Praxis. Schon kurz nach dem Ende des Telefonats stoppte ein dunkelgrauer Wagen vor dem Haus in der Gartenstraße. Doktor Frank und seine beiden Helferinnen eilten hinaus.

»Was ist denn los? Wo bin ich?« fragte Andreas verwirrt, der gerade zu sich kam. Herr Winter hatte ihn auf den Rücksitz der Limousine gebettet.

»Sie hatten einen Unfall, wissen Sie das nicht mehr?«

fragte Herr Winter, während er ausstieg und die hintere Tür öffnete. »Ihr Wagen ist von der Straße abgekommen und an einen Baum hängengeblieben.« Den letzten Satz richtete er schon mehr am Doktor Frank, dem er zunickte.

Andreas wurde ins Haus gebracht und von Doktor Frank untersucht, wobei Schwester Marie-Luise, die jüngere der beiden Helferinnen, assistierte. Schwester Martha unterhielt sich unterdessen mit Herrn Winter. Er war, wie sie erfuhr, direkt hinter Andreas Kellermann gefahren und hatte den Unfall beobachtet.

»Glücklicherweise fuhr der junge Mann nicht besonders schnell. Sonst wäre er nicht so glimpflich davongekommen. Na, warten wir erst mal ab. Hoffentlich hat er keine inneren Verletzungen.«

Doktor Frank diagnostizierte eine leichte Gehirnerschütterung und verschiedene Prellungen. Er rief bei den Kellermanns an. Henriette weinte. Sie berichtete, wie ihr Sohn das Haus verlassen hatte und sie zu spät gekommen war, um ihn daran zu hindern.

»Aber daran ist nur dieses Mädchen schuld, Doktor Frank! An allem ist diese Person schuld!«

Dr. Frank tat, was er konnte, um sie zu beruhigen und einigte sich mit ihr darauf, Andreas jetzt gleich in die Waldner-Klinik bringen zu lassen, damit man ihn dort auf jeden Fall noch einmal gründlich untersuchte.

Verena hatte einen anderen Weg nach Hause eingeschlagen, den man nur mit dem Fahrrad nehmen konnte, denn sie hatte eingesehen, daß es zwecklos war, hinter Andreas herzurasen. Den verunglückten Wagen hatte sie darum gar nicht gesehen.

»Haben Sie denn kein Einzelzimmer für meinen Sohn?« wollte Hubert Kellermann wissen, als er abends in der Waldner-Klinik nach seinem Sohn sah.

»Morgen wird eins frei«, erklärte die Stationsschwester. »Wenn Sie es wünschen . . .«

»Bitte veranlassen Sie alles Notwendige, Schwester.«

Dann saß er wieder an Andreas' Bett, bekümmert und mit vielen Fragen, die er jetzt alle nicht stellen durfte, weil es seinem Sohn zu schlecht ging.

Als Andreas die Augen zufielen, gab Hubert Henriette ein Zeichen. Sie standen leise auf und verließen das Zimmer.

»Sie schlafen ja gar nicht«, stellte Andreas' Zimmergenosse wenig später fest.

»Nein.«

»Ich verstehe.« Michael Kegel lachte. »Besuch kann manchmal richtig lästig sein.«

Andreas gab keine Antwort. Er fühlte sich sterbenselend. Ja, er hatte sich schon mehrmals gefragt, weshalb er bei dem Unfall nicht zu Tode gekommen war. Damit wären alle seine Probleme erledigt gewesen.

»Verstehe schon. Sie wollen Ihre Ruhe haben. Angenehme Nachtruhe wünsche ich.«

»Danke. Ihnen auch.« Andreas glaubte nicht, daß er einschlafen würde, aber wenige Minuten später zeigten seine ruhigen, gleichmäßigen Atemzüge an, daß er in tiefen Schlaf gesunken war.

Am nächsten Tag begannen die Untersuchungen, deretwegen Andreas eigentlich in die Klinik hatte kommen sollen. Mittags, gleich nach der Sprechstunde, kam Doktor Frank und besprach die ersten Ergebnisse mit dem Kollegen Doktor Liebig und mit Doktor Christine Graf.

Der junge Internist bestätigte ihm: »Ihre Vermutung hat sich bewahrheitet. Es ist wirklich ein Geschwür.«

Die Röntgenologin erläuterte die an den Leuchtkasten gehefteten Aufnahmen. Sie zeigten direkte und indirekte Anzeichen von Magengeschwüren.

»Bis heute abend haben wir auch die wichtigsten

Ergebnisse der Labortests«, versprach Doktor Kurth Liebig, der dem jungen Heinz Rühmann ähnelte und bei den Patienten sehr beliebt war.

»Sie machen doch gewiß noch eine Gastroskopie?« fragte Doktor Frank.

»Ja, natürlich. Aber ich habe sie auf morgen verschoben«, antwortete der Internist. »Ich habe nämlich den Eindruck, daß der Patient momentan nicht sehr belastbar ist.«

Eine Gastroskopie war sehr wichtig, um auszuschließen, daß es sich nicht um ein Magenkarzinom handelte. Bei dieser Untersuchungsmethode wurde ein Schlauch durch die Speiseröhre des Patienten in den Magen geführt und ein dünnes Glasfaserkabel durch den Schlauch geschoben. Mit einer Miniatur-Kamera konnten dann »vor Ort« Aufnahmen gemacht werden, und obendrein war es möglich, feine Gewebeproben zu entnehmen, die dann untersucht werden konnten.

Doktor Liebig begleitete Stefan Frank zum Zimmer des Patienten.

»Da ist noch etwas«, sagte der Internist unterwegs.

»Ja?«

»Es ist nicht meine Sache und eigentlich auch nicht Ihre, aber vielleicht können Sie einen Tip geben: Der Vater des Patienten besteht darauf, daß sein Sohn ein Einzelzimmer bekommt. Kellermann junior möchte jedoch auf dem Zweibettzimmer bleiben. Offenbar versteht er sich recht gut mit Herrn Kegel.«

»Wo liegt da das Problem?« fragte Doktor Frank. »Der Patient soll sich doch möglichst wohlfühlen hier. Außerdem ist er volljährig. Also entscheidet er selbst, wo und wie er liegen will – im Rahmen der gegebenen Möglichkeiten.«

Doktor Liebig grinste. »Sind Sie so freundlich, das dem alten Kellermann beizubringen? Er gehört offenbar zu den Menschen, die sich immer durchsetzen müssen. Und wie man mir sagte, verfügt er über einen großen und vielseitigen Einfluß.«

»Aber nicht hier«, erwiderte Doktor Frank knapp. »Ich werde mit ihm sprechen.«

»Wie geht es Ihnen heute, Herr Kegel?« erkundigte Doktor Ulrich Waldner sich bei seiner morgendlichen Chefvisite.

»Na ja, es geht.«

»Sehr fröhlich klingt das aber nicht«, meinte der Klinikchef. »Sie machen doch gute Fortschritte.«

»Wird ja auch Zeit, nicht wahr?«

»Ein bißchen Geduld müssen Sie schon noch aufbringen. Aber in spätestens zwei Wochen werden Sie nach Hause gehen können – als gesunder Mann.«

Andreas hörte zu. Er war froh über jede Ablenkung, die sich ihm bot. Immer wieder über seine eigene Situation nachzudenken, brachte ihn nicht weiter. Es steigerte nur seine Depressionen. Denn über sich nachzudenken hieß auch, an Verena zu denken.

Wenn ich sie doch einfach vergessen könnte! dachte er.

In diesem Moment wandte Michael Kegel den Kopf und sah ihn fragend an. Doktor Waldner und sein Gefolge hatten das Zimmer bereits verlassen.

»Ist was?« fragte Andreas.

»Das wollte ich von Ihnen hören. Sie haben gerade einen besonders tiefen Seufzer von sich gegeben.«

»Ach ja? Ist mir gar nicht bewußt geworden.«

»Nehmen Sie's nicht so schwer.«

»Die Magengeschwüre?« Andreas winkte ab: »Die werde ich schon los. Und mein Kopf kommt auch bald wieder in Ordnung.«

»Ich meinte eigentlich etwas anderes«, sagte der Mann im anderen Bett behutsam.

Andreas schwieg.

»Nicht nur Sie, Herr Kellermann, ich hab' auch mein Päckchen zu tragen.«

»Sie haben eine sehr attraktive Freundin.« Andreas wußte selbst nicht, weshalb er das sagte – und weshalb ausgerechnet jetzt.

»Renate und ich kennen uns schon seit dem Sandkastenalter. Aber wir haben uns erst seit kurzem wiedergesehen.« Ein Lächeln lag bei dieser Bemerkung auf Michaels Gesicht. Nach einer Weile fuhr er leise fort: »Ohne Renate hätte ich überhaupt keine Lust gehabt weiterzumachen.«

»Womit?«

»Mit dem Leben.«

»Offenbar haben Sie auch eine schwere Enttäuschung erlitten.«

»Das können Sie wohl sagen«, bestätigte Michael. Dann begann er, von seiner Ehe zu erzählen. Er holte weit aus: Wann und wie er Petra kennengelernt hatte. »Ich war damals gar nicht mehr Herr meiner Sinne.« Stirnrunzelnd dachte er noch einmal über diesen Satz nach.

Schließlich nickte er: »Ja, ich war wirklich bis über beide Ohren in Petra verliebt. Aber . . .«

»Aber was?«

»Aber es war ein Strohfeuer. Nach einem halben Jahr war alles vorbei.«

»Doch da waren Sie bereits verheiratet.«

Michael schüttelte den Kopf. »Nein, da wollte ich mit Petra sprechen und ihr erklären, daß meine Gefühle sich abgekühlt und verändert hatten.«

»Sie wollten? Also haben Sie's nicht getan?«

»Leider nicht.«

»Warum nicht? Sie kommen mir nicht wie ein Feigling vor.«

Michael seufzte. »Aber damals war ich feige. Ich habe

auf meine Eltern gehört. Obwohl ich genau wußte, daß es falsch war, von Anfang an.«

»Was hatten denn Ihre Eltern damit zu tun?«

»Ach, die waren ganz verrückt mit Petra. Sie müssen wissen, daß ich als Mädchen ›geplant‹ war. Sie haben's dann noch einmal versucht und wieder einen Jungen gekriegt. Na, als ich dann mit Petra auftauchte, wurde die von meinen Eltern quasi sofort adoptiert.«

»Sagen Sie bloß, daß Sie geheiratet haben, weil Ihre Eltern es so wollten!«

»Ungefähr so, ja. Meine Eltern ließen keine Gelegenheit aus, mir begreiflich zu machen, daß sie es von mir erwarteten.« Er stieß ein kurzes, bitteres Lachen aus. »Ich war ein braver Sohn. Ein viel zu braver Sohn. Und ein verdammter Dummkopf.«

Eine Weile herrschte Stille. Andreas wollte den anderen nicht mit Fragen drängen. Er ließ sich Michaels Schicksal, soweit er es kannte, durch den Kopf gehen und verglich es mit seinem eigenen.

»Waren Sie lange verheiratet?« brach er das Schweigen schließlich doch.

»Etwas mehr als drei Jahre.«

»Und jetzt?«

»Es ist vorbei. Dafür danke ich Gott.«

»Sie sind also schon geschieden?«

»Ja, zwischen der ersten und der zweiten Operation.«

»Was denn? *Zwei* Operationen? Innerhalb so kurzer Zeit?«

»Ja, leider. Und die zweite hat mich schwer mitgenommen, das können Sie mir glauben. Ich liege jetzt schon wieder vier Wochen hier – und muß noch mindestens zwei weitere Wochen bleiben.«

»Ich weiß nicht, ob Sie darüber sprechen wollen ...« Andreas blickte Michael fragend an.

»Wollen Sie's denn hören?«

»Doch, ja. – War's bei Ihnen auch der Magen?«

Michael schüttelte den Kopf. »Nein, der Dickdarm. Ich hatte eine Divertikulosis. Wissen Sie, was das ist?«

»Nicht genau«, erwiderte Andreas.

»Es sind kleine, sackartige Ausstülpungen an den Außenwänden bestimmter Organe. Ich hatte keine Ahnung davon, bis ich Schmerzen im Unterbauch bekam.« Er lachte bitter. »Mein Hausarzt hat mich ein halbes Jahr lang auf Magenschleimhautentzündung behandelt. Dann bekam ich plötzlich starke Blutungen aus dem Darm. Ich hab' mir sofort einen anderen Arzt gesucht, und der hat mich hierher geschickt.« Er machte eine Pause. Es war nicht einfach, sich das alles wieder in Erinnerung zu rufen, was zusammengenommen die finsterste Zeit seines bisher dreißig Jahre währenden Lebens darstellte.

»Ich erinnere mich jetzt, daß ein entfernter Verwandter von mir an dieser Krankheit gelitten hat. Aber er ist nie operiert worden«, sagte Andreas.

»Vielleicht hätte ich auch nicht unters Messer gemußt, wenn ich von Anfang an richtig behandelt worden wäre. Es gibt eine medikamentöse Therapie, die angeblich gut anschlägt, wenn man gleichzeitig Diät hält. Schlackenlose Kost und so weiter.«

»Hat man nicht wenigstens versucht, Ihnen die Operation zu ersparen?« Andreas dachte bei dieser Frage an seine eigene Krankheit; auch für ihn ging es ja darum: Operation oder konservative Behandlung?

»Dazu blieb gar keine Zeit. Wie gesagt: Ich bekam starke Blutungen. Diese Divertikel befinden sich meistens an solchen Stellen, wo die Wände des Dickdarms dünn sind.«

»Ich verstehe. Wenn man Sie nicht sofort operiert hätte . . .«

»Dann wäre ich verblutet. Oder an einer Entzündung gestorben.« Er wandte den Kopf, weil es geklopft hatte.

Es war seine Freundin Renate, die hereinkam.

Andreas unterdrückte einen Seufzer. Für den Bruchteil einer Sekunde hatte er sich eingebildet, es könnte Verena sein.

Ob Verena wußte, was passiert war? Und wo er steckte?

Seine Mutter hatte verneint, als er sich nach einem Anruf Verenas erkundigt hatte. Und vermutlich hatte Verena sich wirklich nicht gemeldet. Ob sie darauf wartete, von ihm zu hören?

Ich will sie ja überhaupt nicht wiedersehen, dachte er. Was hätte das denn für einen Sinn? Es ist doch sowieso alles zu Ende.

War es das wirklich? Eine entsetzliche Vorstellung. Es bedeutete absolute Leere. Doch auf der anderen Seite konnte er sich auch nicht vorstellen, daß es zwischen Verena und ihm jemals wieder so werden könnte, wie es gewesen war.

Ob er mit einem gekitteten Glück leben könnte? Das schien ihm im Moment unvorstellbar.

6

Anton Köllner wischte den Pinsel ab und legte ihn weg. Er konnte sich einfach nicht auf die Arbeit konzentrieren, solange er seine Tochter nebenan wußte, – seine unglückliche Tochter.

Verena erwartete nicht, daß ihr Vater sich um sie kümmerte und sie zu trösten versuchte. Er war nun mal sehr ichbezogen, daran ließ sich nichts ändern. Künstler mußten wohl so sein. Die Kollegen ihres Vaters, die sie im Laufe der Jahre kennengelernt hatte, waren jedenfalls auch nicht anders. Sie schrak zusammen, als er plötzlich hinter ihr stand.

»Vater!«

»Tut mir leid, daß ich dich erschreckt habe.« Er legte ihr seine Hände auf die Schultern. »Schau mich mal an.« Seine Stimme klang ungewohnt weich und liebevoll.

Verena, die zu Boden geblickt hatte, hob den Kopf. Ihre Augen schimmerten feucht.

»Schon wieder Tränen?«

»Tut mir leid, Vater.« Sie versuchte vergeblich zu lächeln. Es wurde nur eine Grimasse.

»Streng' dich bloß nicht an«, brummelte Anton. »Was raus muß, muß raus.«

Nun konnte Verena nicht mehr an sich halten. Sie umarmte ihren Vater und begann, laut zu schluchzen.

Dies war nicht der Augenblick für Worte, Anton wußte das.

Deshalb beschränkte er sich darauf, Verenas Rücken und ihren Nacken zu streicheln. Dabei brummte er leise vor sich hin wie ein zufriedener Kater.

Dabei war er alles andere als zufrieden.

Es gab einen Menschen, auf den er ausgesprochen wütend war: Andreas Kellermann. Zwar hatte Verena dem jungen Mann mit keinem einzigen Wort einen Vorwurf gemacht, doch für Anton stand fest, daß die Schuld für Verenas bejammernswerten Zustand nur bei diesem Andreas liegen konnte.

Allmählich gingen Verena die Tränen aus. Sie murmelte etwas Unverständliches, ließ ihren Vater los, befreite sich aus seiner Umarmung und schneuzte sich erst einmal gründlich.

»Eine Schande, daß du so unglücklich bist«, brummelte Anton. »So etwas sollte verboten sein.«

»Ach, Vater!« Sie mußte lachen, aber das Lachen klang bitter.

»Ich mische mich nicht in dein Leben, das weißt du. Wenn du dich aber aussprechen willst, dann höre ich dir gern zu«, fuhr Anton fort. »Und wenn ich dir helfen kann, dann tu ich's.«

»Danke, Vater«, schluchzte sie. »Aber ich kann jetzt nicht reden.«

»In Oordnung.« Anton nickte. »Aber mein Angebot steht. Vergiß das nicht.«

»Irgendwann komme ich bestimmt zu dir und schütte dir mein ganzes Herz aus.«

»Mach' das, wann immer dir der Sinn danach steht. Ich werde Zeit für dich haben.«

»Und ich kümmere mich jetzt um die Küche. Übrigens muß ich auch noch einkaufen, Vater.«

»Ja, ja, geh'nur.«

»Ich brauche Geld.«

»Schon wieder?« fragte er strirnrunzelnd. Er hatte kein Verhältnis zum Geld. Er wußte weder, was der Haushalt kostete, noch wär er je auf die Idee gekommen, von Verena Rechenschaft über die Ausgaben zu verlangen. Doch Geld war nun mal Mangelware, war es immer gewesen, und daran würde sich vermutlich auch nichts ändern. Diesbezügliche Illusionen hatte Anton schon lange verloren.

»Tut mir leid, aber ich hab' nur noch ein bißchen Kleingeld, Vater.«

»Ja, ja, schon gut. Schau mal in den Sekretär, da müßte noch was sein.«

Später, als sie mit dem Fahrrad ins Zentrum von Grünwald fuhr, dachte Verena noch immer darüber nach, daß sie im Moment nicht mit ihrem Vater reden konnte.

»Es ist ja nicht so«, sagte sie zu sich selbst, »daß ich nicht über meinen Kummer sprechen möchte. Aber im Moment bin ich wahrscheinlich einfach zu verzweifelt. Ich muß das Ganze erstmal etwas nüchterner sehen.«

Anton nutzte die Gelegenheit: Kaum war Verena aus dem Haus, rief er Richard Laibach an, der um diese Zeit an seinem Schreibtisch in der Büroetage am Marienplatz saß.

»Grüß dich, Anton«, sagte Richard aufgeräumt. »Kann ich was für dich tun? Gibt es neue Bilder anzuschauen?«

»Ich komme überhaupt nicht mehr zum Malen«, behauptete Anton.

»Was ist denn passiert? Du bist doch nicht krank?«

»Es geht nicht um mich.«

»Sondern?«

»Kannst du dir das nicht denken? Verena macht mir Sorgen. Das Mädchen hat einen schweren Kummer und wird nicht damit fertig.«

»Kummer mit Andreas Kellermann?«

»Daran besteht wohl kein Zweifel, auch wenn sie seinen Namen nicht erwähnt. Sie sagt überhaupt so gut wie nichts. Jede noch so gut verschlossene Auster wäre gesprächiger.«

Richard kannte Antons Übertreibungen.

Er wußte aber auch, daß er den Freund ernstnehmen mußte. Anton hätte sich bestimmt nicht an ihn gewandt, wenn er die Situation nicht als sehr ernst empfunden hätte.

»Was kann ich tun, Anton?«

»Das weiß ich nicht. Aber du kennst Verena. Du kennst sie vielleicht besser als ich.«

»Ach nein, sicher nicht.«

»Wie soll ich mich verhalten, Richard?«

»Das ist wirklich schwer zu sagen, so aus der Ferne.«

»Ja, das verstehe ich. Könntest du nicht vorbeikommen – so ganz zufällig?«

»Warum nicht?«

»Du würdest mir einen großen Gefallen tun. Geht es heute abend?«

»Laß mich nachdenken. Doch, ja, das läßt sich einrichten, Anton.«

»Und du sagst Verena nichts von unserer Unterhaltung, versprich mir das.«

»Ist versprochen.«

Anton fühlte sich ein bißchen besser, nachdem er aufgelegt hatte. Die Verantwortung für eine unglückliche Verena wog schwer, lag *zu* schwer auf seinen Schultern. Richard würde ihm etwas davon abnehmen. Auf Richard war immer Verlaß. Und vielleicht kaufte er sogar eines der beiden Bilder, für die er sich bei seinem letzten Besuch nicht hatte entscheiden können. Es wurde höchste Zeit, daß wieder ein bißchen Geld in die Haushaltskasse kam.

Richard dachte abends, während er nach Grünwald hinausfuhr, an sein Zusammentreffen mit Andreas Kellermann. Ob Verena davon wußte? Es war anzunehmen.

»Vielleicht macht sie mir Vorwürfe, weil ich ihm die Wahrheit gesagt habe«, dachte er laut nach. »Aber das paßt so gar nicht zu Verena. Nein, das kann ich mir wirklich nicht vorstellen.«

Anton öffnete die Haustür und ließ den Gast ein. Er sagte übertrieben leise:

»Verena ist oben in ihrem Zimmer.«

»Hast du ihr gesagt, daß ich komme?«

»Natürlich nicht. Das ist doch eine Überraschung, auch für mich.« Er grinste kurz und fuhr dann sehr viel lauter fort: »Richard! Wie schön, dich zu sehen! Komm, laß uns deinen überraschenden Besuch mit einem Glas begießen.«

»Schmierenkomödiant«, erwiderte Richard leise und schüttelte den Kopf. »Wenn du deine Tochter mißtrauisch machen willst, bist du auf dem besten Weg.«

Von Anton kam eine beschwichtigende Bewegung mit beiden Händen, die bedeutete: Laß mich nur machen, ich weiß schon, wie ich das Kind in dieser Situation behandeln muß.

Doch obwohl er hinaufrief, daß Besuch da sei und Richards Namen nannte, ließ Verena sich nicht blicken. Nachdem sie ein Glas Wein getrunken hatten, stand Anton auf und verkündete:

»Ich gehe jetzt zu Rena und hole sie herunter.«

Als er ihr Zimmer betrat, lag seine Tochter auf dem Bett und starrte mit leerem Blick zur Decke hinauf. Behutsam sagte er:

»Wir haben Besuch, Rena.«

»Ich weiß.«

»Du kommst doch herunter? Richard würde dich gern sehen.«

»Lieber nicht«, entgegnete sie niedergeschlagen. »Ich wäre heute keine gute Gesellschafterin.«

»Aber Richard gehört doch quasi zur Familie. Vor dem brauchst du dich wirklich nicht zu verstecken.«

»Nein«, gab Verena zu.

»Also können wir mit dir rechnen?«

»Meinetwegen, Vater. Wenn du darauf bestehst ...«

Anton nickte ihr noch einmal aufmunternd zu und zog sich dann zurück.

Es dauerte fast noch eine halbe Stunde, bis Verena das Atelier betrat. Sie lächelte Richard zu und begrüßte ihn, wie es einem guten Freund zukommt.

Sie weiß nichts! schoß es Richard durch den Kopf. Sie hat offenbar keine Ahnung von meiner Begegnung mit Andreas Kellermann. Im selben Moment beschloß er, diese Begegnung ihr gegenüber nicht zu erwähnen.

»Du bist schöner denn je«, sagte er leise. »Aber ich habe dich auch noch nie so traurig gesehen.«

Aus Verenas Kehle kam ein heftiges Schluchzen. Sie barg ihr Gesicht an Richards Brust.

»Ich bin dir nicht böse«, murmelte sie so leise, daß nur er es hörte. »Es war richtig, daß du Andreas die

Wahrheit gesagt hast. Die Schuld liegt bei mir. Bei mir ganz allein. Als ich Andreas damals angelogen habe, war damit schon alles besiegelt.«

Richard war wie erstarrt. Also doch! war alles, was er denken konnte.

»Was ist denn mit dir los?« wollte Anton wissen, nachdem seine Tochter sich wieder zurückgezogen hatte.

Richard saß mit gesenktem Kopf da. Er gab keine Antwort, obwohl er die Frage zweifellos gehört hatte.

»Man könnte glauben, *du* wärst unglücklich verliebt.«

Richard empfand das als schwachen Scherz. Er machte mit der linken Hand eine wegwerfende Handbewegung.

»Sie ist wirklich schlimm dran.«

»Sehr schlimm. Und ich wünschte, ich wüßte, wie ich ihr helfen könnte.«

»Wie wäre es mit einem Klimawechsel?«

»Klimawechsel? Ich verstehe nicht, was du meinst.«

»Macht doch einfach eine Reise. Fahrt irgendwohin, wo es jetzt schön ist und wo das Kind auf andere Gedanken kommt.«

»Eine Reise«, brummte Anton. »Wie du dir das vorstellst.«

»Ihr könntet beispielsweise ans Mittelmeer fahren. Da dauert der Sommer noch an.«

»Du hast Ideen!« Anton schüttelte den Kopf.

»Du weißt doch, daß ich in der Nähe von Nizza ein Haus habe? Es steht euch zur Verfügung.«

»Wirklich?« Antons Blick verriet Interesse. Doch gleich darauf winkte er ab. »Nein, es geht nicht.«

»Jetzt stell dich nicht an! Du bist doch hier nicht unabkömmlich. Ich weiß, daß du dich am liebsten in deinen eigenen vier Wänden aufhältst. Aber wie wäre es, wenn du versuchtest, einmal in dem Licht zu malen, das so viele deiner Kollegen inspiriert hat?«

»Grundsätzlich hätte ich gar nichts dagegen . . .«

»Na also!«

»Aber es geht trotzdem nicht.«

»Ach so, ich verstehe: Du bist mal wieder blank.«

»Ich bin nicht mal wieder, ich bin immer blank«, knurrte Anton.

Richard kannte Antons Stolz: Er durfte ihm nicht einfach so anbieten, die Reise zu finanzieren. Möglicherweise hätte Anton das Geld wirklich genommen, aber ihr Verhältnis hätte sich dadurch verändert. Nichts wäre mehr so wie zuvor gewesen. Das wollte Richard nicht. Er ließ sich einen anderen Weg einfallen.

»Ich könnte übrigens mal wieder ein Bild von dir gebrauchen, Anton.«

»Aber ich hab' nichts Neues gemalt, seit du zuletzt hier gewesen bist.«

»Da waren doch noch zwei kleinere Formate . . .«

» . . . die dir nicht gefallen haben«, unterbrach Anton sein Gegenüber bärbeißig.

»Darf ich sie mir trotzdem noch einmal ansehen?«

Wortlos wies Anton in eine Ecke des Ateliers. Richard stand auf und ging hinüber.

Ob das, was ich normalerweise für die Bilder bezahlen würde, für die Reise ausreicht? fragte er sich. Ich könnte ja beispielsweise auch noch ein, zwei zusätzliche Bilder in Auftrag geben und anzahlen.

Anton öffnete eine weitere Flasche, füllte sein Glas und leerte es auf einen Zug.

»Was ist mit diesem Andreas los, Richard?« fragte er niedergeschlagen. »Warum macht er meine Rena so todunglücklich?«

»Ich weiß es nicht«, behauptete Richard. »Laß uns jetzt über diese beiden Bilder reden. Und über einige andere, die ich gern hätte.«

»Andere sind nicht da. Das weißt du doch.«

»Ich rede von Bildern, die du noch nicht gemalt hast.«

»Was hat das für einen Sinn? Ungelegte Eier . . .«

»Aber wir könnten zwei Fliegen mit einer Klappe schlagen, Anton.«

»Versteh' ich nicht. Was soll das bedeuten?«

»Ist doch ganz einfach: Es gibt ein paar Motive, die ich schon immer gern in meiner Sammlung gehabt hätte. Du fährst mit Verena in mein Haus an der Riviera, und während das Kind auf andere Gedanken kommt, malst du dort.«

Anton schwieg.

»Nun stell' dich bloß nicht an!« versuchte Richard bewußt aggressiv den erwarteten Einwänden zuvorzukommen. »Es ist nicht ehrenrührig, wenn ein Künstler Auftragsarbeiten übernimmt.«

»Natürlich nicht«, räumte Anton ein.

»Dann sind wir uns also einig?«

»Ich muß mir das noch durch den Kopf gehen lassen.«

»Wie lange?« wollte Richard wissen. »Vergiß nicht, wie schlecht es deiner Tochter geht. Wäre ich an deiner Stelle, würde ich keinen einzigen Tag mehr vergehen lassen, ohne zu handeln.«

»Du hast ja recht«, räumte Anton ein. »Aber weißt du auch, was es für mich bedeutet, dieses Haus zu verlassen? Wochenlang in einer anderen Umgebung zu leben? Ich weiß nicht, ob ich dort drunten überhaupt arbeiten kann.«

»Sei nicht albern, Anton.«

»Das hat nichts mit Albernheit zu tun. Ich brauche mein Gehäuse, um mit mir im reinen zu sein. Und ich muß mich sicher fühlen, um zu arbeiten.«

»Ja, ja. Dann wirst du vielleicht während der ersten Tage nichts auf die Leinwand bringen. Ist das Opfer zu groß, wenn du es deinem einzigen Kind bringst?«

Anton schüttelte beschämt den Kopf. »Und wenn Rena gar nicht verreisen will?«

»Wenn sie sich weigert, können wir nichts machen. Aber du solltest alles daransetzen, sie davon zu überzeugen, daß die Reise zu ihrem besten wäre.«

»Ja, ja, das werde ich tun«, versprach Anton.

Richard regelte die finanzielle Seite sehr großzügig. Dann verabschiedete er sich und fuhr nach München zurück. Unterwegs fragte er sich selbstkritisch, ob er es sich nicht zu leicht machte.

Irgendwie trage ich die Verantwortung dafür, daß Verena in der jetzigen Situation ist, dachte er. Sich mit Geld davon freizukaufen, ist ganz bestimmt nichts, worauf man stolz sein kann.

Aber es gab momentan kein Zurück, und Richard sah auch keine Möglichkeit, auf anderem Wege zu helfen. Er konnte nur hoffen, daß die Reise und der Aufenthalt in einer ganz anderen Umgebung Verena halfen, über die Enttäuschung mit Andreas Kellermann hinwegzukommen.

Kaum in seiner luxuriösen Stadtwohnung angelangt, deren Kunstschätze einem mittelgroßen Museum zur Ehre gereicht hätten, telefonierte Richard mit den Meuniers, die seinen Besitz an der Riviera in Ordnung hielten.

Er kündigte die Besucher an und schärfte Frau Meunier ein:

»Sie werden die beiden nach Strich und Faden verwöhnen! Die Kosten spielen keine Rolle. Ich will, daß es Verena Köllner und ihrem Vater an nichts fehlt!«

Draußen in Grünwald versuchte Anton, mit Verena über die Reise zu reden. Er fürchtete ein striktes Nein, doch Verena reagierte mit Gleichgültigkeit.

»Du bist doch einverstanden, Rena? Die Luftveränderung wird uns beiden guttun.«

»Wenn du meinst, Vater . . .«

»Wir könnten schon morgen aufbrechen, alles hinter uns lassen ...«

Auch dagegen hatte Verena nichts einzuwenden.

Sobald sie sich zurückgezogen hatte, rief Anton Richard an und teilte ihm das Ergebnis seiner Bemühungen mit.

»Freut mich, daß alles so glatt geht, Anton. Ich werde mich sofort um eure Flugtickets kümmern.« Richard atmete erleichtert auf.

Als Doktor Frank die Station betrat, auf der Andreas lag, kam ihm auf dem Flur Frau Kellermann entgegen. Sie griff nach seiner Hand.

»Lieber Doktor Frank! Ich wollte Sie heute noch anrufen. Aber jetzt kann ich ja hier mit Ihnen sprechen, was mir natürlich viel lieber ist.«

»Was kann ich für Sie tun, Frau Kellermann?«

»Es geht um Andreas. Können Sie bestätigen, daß es sich wirklich um gutartige Geschwüre handelt? Daß es nichts Bösartiges ist?«

»Ja, das kann ich bestätigen.«

Die klare Antwort ließ Henriette aufatmen. Sie fühlte sich, als ob ihr ein Felsblock vom Herzen gefallen sei.

»Nicht, daß ich Ihren Kollegen hier in der Klinik mißtraute, aber Sie kenne ich doch sehr viel besser«, erklärte sie ihr anfängliches Mißtrauen.

»Die Untersuchungen sind abgeschlossen, und die Therapie hat bereits begonnen.«

»Ja, das hat man mir gesagt. Ob der Junge wohl an einer Operation vorbeikommt?«

»Das läßt sich jetzt noch nicht abschätzen, Frau Kellermann.«

»Ich will ja auch nicht unbescheiden sein. Hauptsache, daß die Magengeschichte nicht bösartig ist.« Dann verriet sie ihm: »Ich habe nächtelang nicht geschlafen, weil mich der schreckliche Gedanke quälte, mein Andreas könnte Krebs haben.«

»Das verstehe ich. Aber diese Angst sind Sie ja nun los. Die Gewebeuntersuchungen, die wir sicherheitshalber in drei verschiedenen Instituten haben machen lassen, lassen nicht den geringsten Zweifel.«

Henriette nickte, während sie mit den Gedanken schon einen Schritt weiter war. Mit einem Seufzer sagte sie:

»Wenn der Junge nur nicht so deprimiert wäre. Glauben Sie denn, daß unter den gegebenen Umständen eine medikamentöse Behandlung überhaupt Erfolg haben kann?«

»Die schlechte psychische Verfassung Ihres Sohnes ist tatsächlich ein Problem«, sagte Doktor Frank ehrlich.

»Wissen Sie etwas über die Hintergründe?« Henriette stellte die Frage mit spürbarem Unbehagen. Unwillkürlich wich sie dabei dem Blick des Arztes aus, wenn auch nur für Bruchteile einer Sekunde.

»Nicht genug jedenfalls, um konkrete Schlüsse zu ziehen.«

»Es hat mit einer jungen Frau zu tun, die Andreas vor einiger Zeit kennengelernt hat. Eine von Anfang an zum Scheitern verurteilte Beziehung.«

»Weshalb?« wollte Doktor Frank wissen.

»Bitte?«

»Weshalb war diese Beziehung von Anfang an zum Scheitern verurteilt?«

»Nun, dafür gibts eine Reihe von Gründen. Kennen Sie einen Anton Köllner? Er ist Maler.«

»Ich kenne ihn nicht persönlich.«

»Verena, seine Tochter, ist die Frau, die meinem Sohn den Kopf verdreht hat.«

Doktor Frank bemerkte, daß Frau Kellermanns Stimme einen feindseligen, ja ausgesprochen unangenehmen Unterton angenommen hatte.

»Andreas muß über diese Geschichte hinwegkommen«, fuhr sie gerade fort. »Offensichtlich ist diese Beziehung inzwischen beendet! Jetzt setze ich auf die heilende Wirkung der Zeit.«

Henriette sprach den Arzt dann auch noch auf Andreas' Weigerung an, sich in ein Einbettzimmer verlegen zu lassen.

»Stattdessen teilt er das Zimmer mit einem wildfremden Menschen. Ich will ja nichts gegen Herrn Kegel sagen, aber er hat doch nun wirklich nichts mit meinem Sohn gemeinsam. Aber auch nicht das mindeste!«

»Ich glaube, es ist ganz gut, daß Andreas nicht allein liegt, Frau Kellermann.«

»Was soll daran gut sein?« fragte Henriette empört.

»Soweit ich es beurteilen kann, ist Herr Kegel ein angenehmer Gesellschafter. Er lenkt Andreas ab, der sonst doch nur von früh bis nachts über seine Situation grübeln würde.«

»Wenn Sie das so sehen ...« In Henriettes Gesicht trat ein nachdenklicher Ausdruck.

Möglicherweise, dachte Doktor Frank, nachdem er sich von der Mutter des Patienten verabschiedet hatte, gibt es auch noch einen anderen Grund für Andreas' Weigerung, ein Einbettzimmer zu beziehen.

Es könnte durchaus sein, daß er keinen Wert darauf legt, sich mit seiner Mutter oder seinem Vater unter vier Augen zu unterhalten. Oder sich auch nur deren Kommentare zu seiner verunglückten Liebesgeschichte anzuhören.

Als er das Krankenzimmer betrat, unterbrach er eine rege Unterhaltung zwischen Andreas und Michael Kegel.

»Hallo, Doktor Frank.« Andreas' Lächeln wirkte traurig.

Der Arzt begrüßte beide und erkundigte sich nach Andreas' Befinden.

»Was soll ich sagen? Gewiß kennen Sie die Untersuchungsergebnisse.«

»Ja.«

»Doktor Liebig meint, ich würde auf jeden Fall wieder gesund. Aber vielleicht muß ich dafür mit zwei Dritteln meines Magens bezahlen.« Er lachte bitter. »Dann bin ich ein gesunder Krüppel.«

»Reden Sie keinen Unsinn, Andreas«, erwiderte Doktor Frank ruhig. »Ein bißchen Vernunft vorausgesetzt, kann man mit dem Drittel eines Magens recht unbeschwert leben. Aber das ist ja vorläufig noch gar nicht aktuell.«

»Glauben Sie denn, daß die Medikamente helfen werden?«

»Ja, das glaube ich. Aber Sie müssen auch selbst daran glauben.«

»Wenn ich das doch könnte«, murmelte Andreas.

Die beiden tauschten einen langen Blick. Fragen und Antworten ohne Wörter. Jetzt, ganz ohne Zweifel, war die Anwesenheit Michael Kegels störend.

Andreas dachte daran aufzustehen und den Arzt hinaus auf den Flur zu begleiten. Aber er verwarf den Gedanken wieder.

Was würde es nützen, wenn er Doktor Frank erzählte, wie sehr er Verena geliebt und wie schwer sie ihn verletzt hatte?

»Ich komme morgen wieder«, versprach Stefan Frank und drückte Andreas noch einmal mitfühlend die Hand. Er wollte ihm deutlich machen, daß der Junge sich ihm gern anvertrauen konnte.

»Toller Bursche, dieser Frank«, stellte Michael Kegel fest, nachdem die Tür sich hinter dem Arzt geschlossen hatte.

»Ja, er ist ein sehr guter Arzt. Und mehr.«

»Ich hatte schon von ihm gehört, bevor Sie herkamen.« Michael lachte. »Ich wette, von den Schwestern ist mindestens jede zweite in ihn verliebt. Ist er eigentlich verheiratet?«

Andreas schüttelte den Kopf. Er hatte im Moment eigentlich kein Interesse daran, über das Privatleben anderer Leute zu sprechen. Um abzulenken, erkundigte er sich:

»Bekommen Sie heute keinen Besuch?«

Michael blickte auf seine Armbanduhr, bevor er antwortete: »Doch. Ich hoffe jedenfalls, daß Renate mich nicht vergißt.«

Andreas hatte die Sandkastengespielin und erste Jugendliebe seines Zimmergenossen inzwischen ein wenig kennengelernt, und er fand sie sehr sympathisch.

»Für Renate sind Sie doch ihr ein und alles. Wie könnte sie Sie vergessen?«

Michael lachte. »Es war auch nicht ganz ernst gemeint. Sie wird schon noch kommen.«

»Wissen Sie, was ich immer noch nicht verstehe, Michael?«

»Was denn?«

»Wieso Sie die Klinik nach der ersten Operation gegen den Rat der Ärzte vorzeitig verlassen haben.«

»Ja, das ist auch schwer zu begreifen. Ich würde es bestimmt nicht wieder tun.« Michaels Gesicht verdüsterte sich. Er dachte wieder daran, wie schlecht es ihm damals gegangen war.

»Hat Ihre Frau Sie dazu gebracht?«

Michael nickte. Doch wenn Andreas geglaubt hatte, er würde ihm jetzt erzählen, wie es wirklich gewesen war, wurde er entäuscht.

Es war ja nicht nur der Wunsch, sich abzulenken, und es war auch keine billige Neugier, die ihn Fragen stellen ließ. Andreas nahm wirklich Anteil an Michaels Schicksal. Obwohl es ganz anders war als das seine, – waren sie nicht beide Opfer »falscher« Liebe geworden?

7

In Nizza wurden Verena und ihr Vater von Herrn Meunier abgeholt. Er sprach ein recht gutes Deutsch und wurde nicht müde zu versichern, daß er und seine Frau ganz zur Verfügung der Gäste stünden.

»Sprechen Sie einen Wunsch aus, und er ist schon erfüllt!«

Anton wehrte ab. »Wir sind nicht verwöhnt. Machen Sie wegen uns nur keine Umstände.«

Die Fahrt durch Nizza, immer am Meer entlang, schien kein Ende zu nehmen. Während Anton sich wenigstens umsah, wenn auch mit einigem Mißtrauen, saß Verena mit gesenktem Kopf neben ihm. Was um sie herum geschah, interessierte sie wenig.

Herr Meunier gab wortreiche Erklärungen und steuerte den Wagen stets nur mit einer Hand, weil er die andere brauchte, um die Erläuterungen mit großzügigen Gesten zu unterstreichen.

»Wie weit ist es noch?« erkundigte Anton sich, als der alte Hafen von Nizza hinter ihnen lag.

»Nicht mehr weit, Herr Köllner. Gar nicht mehr weit. Noch eine Viertelstunde, dann sind wir am Ziel. Und ich verspreche Ihnen ein köstliches Essen.« Er spitzte die Lippen und führte die zusammengelegten Fingerspitzen daran. Als er sich kurz umdrehte, lag ein geradezu verzückter Ausdruck auf seinem feisten Gesicht.

Ein entgegenkommender Lieferwagen hupte eindringlich. Herr Meunier zog den vom Kurs abgekommenen Wagen gedankenschnell nach rechts.

»Passen Sie lieber auf!« sagte Anton unwillig. »Schauen Sie auf die Straße!«

»Aber natürlich.« Herrn Meuniers strahlende Laune war so leicht nicht zu trüben.

Seine Frau erwies sich als mütterlicher, fürsorglicher

Typ. Sie hatte offenbar besondere Instruktionen von Richard Laibach bekommen und kümmerte sich vor allem um Verena.

»Sie werden sich hier sehr wohlfühlen, Mademoiselle«, versicherte sie.

»Ja, gewiß«, erwiderte Verena höflich. Sie wußte es besser, doch wie es in ihrem Herzen aussah, ging niemanden etwas an. Schon gar nicht die Meuniers, die ihr vollkommen fremd waren.

Ihr Zimmer war so überwältigend wie die ganze Villa, mit dem ausgedehnten Park und dem Blick über das Meer zum jenseitigen Ufer der Bucht. Wenigstens das mußte Verena zugeben, auch wenn sie sich nicht wirklich an der ganzen Herrlichkeit freuen konnte.

»Nie mehr«, flüsterte sie. »Nie wieder. Was ist das überhaupt: Freude?«

Dann befahl sie sich, nicht in Wehleidigkeit zu verfallen und machte sich daran, ihren Koffer auszupakken.

Was Andreas jetzt wohl machte? Wie es ihm wohl ging? Er war immer noch in der Waldner-Klinik, das wußte sie. Auf Umwegen hatte sie einiges erfahren, aber sie konnte nicht beurteilen, wie genau die Informationen waren.

Anton kam herein, als sie gerade im Begriff war, sich umzuziehen. Sie fuhr ihn hart an.

»Kannst du nicht anklopfen?«

Er musterte sie ein paar Sekunden schweigend, dann entschuldigte er sich.

»Was wolltest du denn?« fragte Verena, als ihr Vater sich schon wieder umdrehen wollte.

»Ist nicht wichtig.«

»Nun sag schon!«

»Eigentlich wollte ich nur hören, wie du dich fühlst. Es geht dir nicht gut, nicht wahr?«

Diese Feststellung blieb ohne Erwiderung. Nachdem

Anton eine Weile vergeblich gewartet hatte, zuckte er die Achseln und ging.

Sie sahen sich wenig später am Mittagstisch wieder. Herr Meunier hatte nicht übertrieben: Seine Frau war eine exzelente Köchin, um die sich auch Nobelrestaurants gerissen hätten. Für die »Begrüßungsmahlzeit« hatte sie keinen Aufwand gescheut. Ihr Mann war für die Weine zuständig.

Anton, ein Mann mit feinem Gaumen, der nur leider selten so essen und trinken konnte, wie er es gern getan hätte, fühlte sich bald restlos wohl. Und je mehr er sich aufs Essen und Trinken konzentrierte, desto mehr vergaß er seine Tochter und deren Kummer.

Das war Verena jedoch nur recht. Sie verließ den Tisch, während Anton und Herr Meunier noch über verschiedene weiße Burgunder diskutierten und ging in den Park hinaus.

Es war sehr warm, doch vom Meer her wehte ein leichter Wind, der die Temperatur erträglich machte. Verena gelangte ans Wasser. Eigentlich hatte sie Sandstrand erwartet, doch hier gab es nur Steine. Ein Steg führte bis hinaus in die Tiefe. Linkerhand stand ein Bootshaus von beträchtlichen Ausmaßen.

»Ich habe gewußt, daß Richard reich ist«, sagte sie zu sich selbst. »Aber nicht, daß er *so* viel Geld hat.« Dieser Traumbesitz mußte etliche Millionen wert sein.

Verenas Gedanken machten sich selbständig. Warum hatte sie sich nicht dauerhaft in Richard verlieben können? Richard hatte von Heirat gesprochen, und sie zweifelte nicht daran, daß es ihm ernst gewesen war.

»Frau Verena Laibach.« Sie lauschte dem Klang nach und schüttelte den Kopf. Richard war ein lieber Kerl und auf seine Art riesig nett. Es war auch nicht der Altersunterschied, der sie störte.

Aber sie liebte ihn nicht, hatte ihn nie geliebt und würde ihn nicht lieben können. Richard war einfach eine Erfahrung, die sie hatte machen müssen.

Draußen glitten Segelboote vorbei. Pfeilschnell donnerten Rennboote mit überstarken Motoren vorüber. Sie waren so weit entfernt, daß Verena von den Menschen nur Umrisse sah.

Ohne nachzudenken, zog sie sich aus und sprang ins Wasser. Es war klar bis auf den Grund und umspielte ihren nackten Körper wie Samt und Seide.

Sich beim Schwimmen richtig zu verausgaben tat wohl, auch wenn es gefährlich war. Verena kannte sich mit diesem Meer nicht aus, sie hatte überhaupt nur einmal im Meer gebadet, und das war – zu ihrer Kinderzeit, als die Mutter noch lebte – die Nordsee gewesen.

Doch wovor sollte sie sich fürchten? Was hatte sie denn noch zu verlieren? Ihr Leben?

Es schien ihr nicht wertvoll genug, um sich Sorgen zu machen.

Als sie nach einer halben Stunde oder mehr ans Ufer kletterte, stand Frau Meunier dort mit einem weißen, flauschigen Bademantel.

Sie stellte keine Fragen, sie sagte nicht ein Wort, sie lächelte nur.

So hat Mutter gelächelt, schoß es Verena durch den Kopf. Und wenigstens für eine kurze Weile vergaß sie allen Kummer und fühlte sich ganz leicht, ganz unbeschwert. Sie war wieder Kind – bis die Gedanken zurückkehrten und ihren Kopf anfüllten und schwer machten.

Die Tage verstrichen. Anton ließ es sich gutgehen wie nie zuvor in seinem Leben. Er legte einige Kilo zu und unterstellte, ohne nachzudenken, daß Verena sich ähnlich wohlfühlen müsse wie er selbst. Jedenfalls schien es ihm unwahrscheinlich, daß sie immer noch so stark unter der Trennung von Andreas litt wie zu Hause.

Wo blieb die Sensibilität des Künstlers? Wo die Liebe des Vaters?

Vielleicht lag es an Verena selbst, daß er glaubte, alles komme nach und nach in Ordnung. An Verena, die ihren Kummer jetzt nach innen gekehrt trug. Sie täuschte ja auch die Meuniers erfolgreich.

Doch je mehr Verena sich beherrschte und ihre Trauer für sich behielt, desto schlechter ging es ihr. Es war nur eine Frage der Zeit, wann der endgültige Zusammenbruch kommen würde.

Ich kann einfach nicht so weitermachen, stellte sie dann auch schließlich fest. Ich kann nicht länger bleiben.

Sie dachte daran, Richards Besitz ohne eine Nachricht für ihren Vater zu verlassen. Was sollte sie denn auch aufschreiben?

Eine Stunde später wieder schien es ihr unmöglich, allein fortzugehen. Ihr neuer Plan sah vor, dem Vater zu sagen, daß sie nach Hause wolle.

Ganz schlicht und direkt. Sie brauchten nur in Nizza anzurufen und den Rückflug zu buchen. Die Tickets waren bezahlt.

Als sie jedoch beim Abendessen ihrem Vater gegenübersaß, brachte sie kein Wort heraus. Der Kummer hatte sie offenbar feige gemacht.

»Morgen machen wir einen Ausflug«, eröffnete Anton ihr gerade begeistert. »Ich habe schon alles mit Meuniers besprochen. Wir fahren ins Hinterland . . .«

Verena schaltete einfach ab. Obwohl ihr Vater noch mindestens fünf Minuten ununterbrochen redete, nahm sie kein einziges Wort mehr auf. Anton schloß seine Ausführungen: »Du wirst sehen, daß wir eine Menge neuer Eindrücke gewinnen werden. Meunier schwört, daß das Hinterland viel interessanter ist als die Küste, und ich habe keinen Grund, das anzuzweifeln. Ich denke, er weiß sehr genau, wovon er redet. Schließlich ist er in Nizza geboren und hat sein ganzes Leben hier verbracht.«

Ihm ging auf, daß Verena überhaupt nicht zugehört hatte. Er beobachtete sie eine Weile. Ihr Blick ging ins Leere, und der Ausdruck ihres schönen Gesichts beunruhigte ihn sehr.

Ein Rückfall? überlegte er.

Wenn es wirklich ein Rückfall war, ließ er Verena wohl am besten in Ruhe. Die Zeit heilt bekanntlich alle Wunden, und die wunderbare Umgebung würde ein übriges tun. Dessen war er sicher.

Warum fragt er nicht einmal, wie es mir geht? überlegte Verena. Es scheint ihn überhaupt nicht zu interessieren. Eine neue Welle der Traurigkeit überfiel sie.

Der Abend war traumhaft schön, die Luft wie Samt und Seide. Draußen zog ein Musikdampfer langsam vorüber. An Bord wurde getanzt. Unwillkürlich summte Verena die Melodie mit, die an ihr Ohr drang.

Sie brach aber sehr plötzlich wieder ab, als ihr bewußt wurde, wie schwer ihr Herz war und daß Musik einfach nicht zu ihrer Verfassung paßte.

War das nicht albern? Machte sie sich vielleicht selbst etwas vor? Steigerte sie sich künstlich in einen Zustand von Hoffnungslosigkeit, aus dem es irgendwann keinen Ausweg mehr geben würde?

Verena stellte sich zwar solche Fragen, doch sie fand keine Antworten.

»Hallo, Rena. Bist du hier draußen?« erkundigte Anton sich.

Verena warf einen Blick über die Schulter. Sie sah die Silhouette ihres Vaters, die sich dunkel vor der offenen Terrassentür abzeichnete.

»Ja, ich bin hier.«

»Alles in Ordnung?«

»Alles in Ordnung«, bestätigte sie. Dann fügte sie noch hinzu: »Du brauchst dir keine Gedanken zu machen!« Denn sie wollte auf keinen Fall, daß er es sich jetzt einfallen ließ, sich zu ihr zu setzen und eine Unterhaltung zu beginnen.

»Ich bin müde, Rena. Ich werde mich hinlegen.«

»Ja, Vater. Gute Nacht.«

»Gute Nacht, Rena.«

Als sie sich wieder allein wußte, atmete Verena tief durch. Ihr Entschluß war gefaßt. Erst einmal zog sie sich in die Tiefe des Parks zurück. Erst als das Licht in den Räumen der Meuniers erlosch, betrat sie die Villa. Auf leisen Füßen schlich sie in ihr Schlafzimmer und packte ihren Koffer.

Er war zu schwer für das, was vor ihr lag. Also wurde wieder ausgepackt und aussortiert. Als Verena noch vor der Morgendämmerung Richard Laibachs luxuriöses Domizil verließ, trug sie nur die mittelgroße Reisetasche, die das Notwendigste enthielt.

Das hohe Metalltor war verschlossen und gesichert, doch sie wußte, wie es sich öffnen ließ. Schließen konnte sie es allerdings nicht, was ihr vorübergehend Sorgen machte.

Aber in den ein oder zwei Stunden bis zum Aufstehen der Meuniers würde schon nichts passieren. Sie konnte sich nicht vorstellen, daß Einbrecher tätig wurden, wenn die Nacht praktisch schon vorüber war.

Bald war Verena ausgesprochen froh, daß sie den Koffer zurückgelassen hatte. Selbst die Reisetasche zerrte an ihrem Arm; sie mußte oft wechseln. Und sie stellte fest, daß sie sich gewaltig geirrt hatte, was den Weg von der Halbinsel bis zur Uferstraße anging. Vorher war sie ihn nie zu Fuß gegangen. Was mit dem Auto eine Angelegenheit von wenigen Minuten war, wurde zu einer mehr als halbstündigen Fußwanderung.

Und dann, als sie fast an ihrem ersten Ziel war, kam auch noch ein Fahrzeug auf sie zu. Sie konnte sich denken, daß eine Fußgängerin in dieser Gegend und um diese frühe Stunde auffiel. Glücklicherweise war es inzwischen schon ziemlich hell, und sie identifizierte den Wagen so rechtzeitig als Polizeifahrzeug, daß sie sich in eine Einfahrt retten konnte.

Der Wagen rollte langsam vorbei, ohne daß einer der beiden Uniformierten sie entdeckte. Verena atmete auf. Dann lachte sie bitter: War es nicht verrückt, daß ein Mensch, der sich nichts vorzuwerfen hatte, der Polizei auswich? Wahrscheinlich würde sie bald versuchen, vor allem Menschen davonzulaufen und sich zu verstecken. Es war wie eine Krankheit, die sich immer mehr ausbreitete, die immer mehr Gewalt über sie gewann.

Anton erwachte gegen acht Uhr von Stimmen, die von draußen hereindrangen. Ein paar Sekunden später erkannte er, daß diese Stimmen den Meuniers gehörten. Herr Meunier schimpfte, seine Frau versuchte, ihn zu beruhigen.

Anton stand auf und trat ans offene Fenster seines Schlafzimmers. Er rief den beiden einen Gutenmorgengruß zu, der erwidert wurde. Dann erkundigte er sich:

»Was ist passiert?«

»Das Tor war offen«, erklärte Frau Meunier. »Und nun malt mein Mann den Teufel an die Wand. Er hat schon alles abgesucht und nichts gefunden, aber er behauptet immer noch, es müßten Einbrecher oder anderes Gesindel auf dem Grundstück gewesen sein.«

»Weil ich mich vor dem Schlafengehen selbst davon überzeugt habe, daß das Tor verschlossen war«, rechtfertigte Herr Meunier sich. »Kannst du mir vielleicht erklären, weshalb es heute früh offen stand?«

»Na gut, dann waren eben Einbrecher hier. Aber was haben sie gestohlen? Die Steine vom Strand?«

Herr Meunier machte eine wegwerfende Handbewegung und stapfte mit wütenden Schritten davon.

»Typisch!« rief seine Frau ihm nach. »Wenn euch Männern die Argumente ausgehen, macht ihr euch aus dem Staub!« Dann wurde ihr bewußt, daß ein anderer Mann zuhörte und daß sie ihm als Gast des Hauses Respekt schuldete. Sie lächelte zu Anton hinauf:

»Sie sind bestimmt nicht wie mein Raoul, Monsieur Köllner.«

Anton hatte die kleine Szene amüsiert beobachtet. Er bestellte sein Frühstück und suchte dann das Badezimmer auf. Ob Verena schon wach war? Ob sie sich auf die bevorstehende Fahrt ins Hinterland freute?

»Jedenfalls bringt sie das auf andere Gedanken«, murmelte er vor sich hin. Auf dem Weg nach unten klopfte er an ihre Tür, aber sie reagierte nicht. »Rena?«

Keine Antwort. Anton vermutete sie schon unten am Frühstückstisch. Umso besser. Dann konnte man in spätestens einer halben Stunde aufbrechen.

Doch Verena war nicht im Frühstückszimmer oder auf der Terrasse, und als er Frau Meunier fragte, erhielt er die Auskunft, daß sie seine Tochter heute noch nicht gesehen habe.

Von einer plötzlichen Unruhe erfüllt, eilte Anton wieder hinauf, klopfte abermals und öffnete dann die Tür. Das Zimmer war leer, das Bett jedoch offensichtlich benutzt. Trotzdem stimmte irgend etwas nicht. Anton machte ein paar Schritte in das Zimmer hinein. Als er sich umsah, entdeckte er den Koffer, der offen auf dem Boden lag. Und dann sah er die Notiz auf dem Tischchen neben dem Bett.

Seine Hand zitterte, als er danach griff.

Lieber Vater, las er leise, *ich weiß, Du hast es gut gemeint. Ich komme mir selbst undankbar vor, aber die Reise hierher ist keine Lösung. Du kannst mir jetzt nicht helfen. Wenn du mir einen Gefallen tun willst, dann laß mich in Ruhe, ja? Versuch bitte nicht, mir zu folgen und mich zu irgend etwas zu überreden. Ich weiß nicht, was jetzt das richtige für mich ist, aber ich muß es selbst herausfinden.* Die Nachricht war unterzeichnet mit *Deine Verena, die Dich sehr lieb hat.*

Anton ließ sich in einen Sessel fallen. Genauer gesagt, er fiel wie ein gefällter Baum. Minutenlang vermochte er keinen klaren Gedanken zu fassen. Er starrte nur immer wieder das Blatt Papier an. Die Wörter tanzten vor seinen Augen.

Als Frau Meunier ihn ansprach, zuckte er zusammen wie ein ertappter Sünder. Er hatte nicht verstanden, was sie gesagt hatte. Er selbst brachte nur heraus:

»Sie ist fort. Rena ist fort.«

Die Meuniers kümmerten sich geradezu liebevoll um den verlassenen Vater. Vermutlich hatte er es ihnen zu verdanken, daß er nicht vollkommen durchdrehte und irgendetwas total Verrücktes anstellte.

Am späten Vormittag fühlte Anton sich fähig, Entscheidungen zu treffen. Er gab das Vorhaben auf, sich an die Polizei zu wenden.

Die Meuniers hatten ihm abgeraten, weil sie es für zwecklos hielten.

Was sollte die Polizei schließlich auch tun, wenn eine erwachsene junge Frau freiwillig und offenkundig im Vollbesitz ihrer geistigen Kräfte einen gemeinsam mit dem Vater begonnenen Urlaub abbrach? Weder gab es den gringsten Hinweis auf ein Verbrechen, noch deutete etwas darauf hin, daß Verena die Absicht hatte, sich selbst etwas anzutun.

Was diesen letzten Punkt betraf, handelte es sich allerdings um die Überzeugung der Meuniers, zu der sie Anton ziemlich mühsam hatten bringen müssen.

»Wohin kann sie sich schon wenden? Sie wird nach Hause fahren«, redete er sich selbst zur Beruhigung ein.

Allerdings hätte sie ja eines der bezahlten Tickets nehmen und fliegen können. – Vielleicht hatte sie nur darauf verzichtet, weil sie Angst hatte, er werde sie begleiten? Und weil sie allein sein wollte?

»Warum rufen Sie nicht in Deutschland an, Monsieur?« schlug Freu Meunier vor.

»Wen denn?« Noch während er diese Frage stellte, wußte Anton, wen er anrufen würde: Richard Laibach. Richard, der über alles informiert war, der sehr, sehr viel für Verena übrig hatte und der sie schließlich hierhin geschickt hatte.

Glücklicherweise erreichte er Richard schon beim ersten Versuch. Ein Seufzer der Erleichterung entfuhr ihm.

»Was ist passiert?« wollte Richard besorgt wissen.

Anton gab sich Mühe, einen möglichst sachlichen und klaren Bericht zu liefern. Er schloß mit der Frage: »Glaubst du nicht auch, daß sie unterwegs nach Grünwald ist?«

»Liest du mir Verenas Brief bitte mal vor?«

Anton kam der Aufforderung nach.

»Also, ich weiß nicht«, sagte Richard. »Möglicherweise hat das Kind wirklich die Absicht, nach Deutschland zurückzukehren. Aber wetten würde ich nicht darauf. Ebenso möglich scheint es mir, daß Verena sich irgendwo verkriecht. Sie will doch offenbar allein sein.«

»Du kümmerst dich darum, ja? Bitte, versprich mir, daß du nach Grünwald fährst und nachschaust, ob Verena dort ist. Oder ob sie kommt. Heute. Morgen. Ich weiß nicht, wie lange sie brauchen wird.«

»Ja, ja, Anton. Mach' dir keine Sorgen«, erwiderte Richard beruhigend.

Er redete noch fast zehn Minuten lang auf Verenas Vater ein. Dann, nachdem er aufgelegt hatte, lehnte er sich zurück und dachte über seine Möglichkeiten nach. Und darüber, wie sehr er sich überhaupt in der Geschichte engagieren wollte.

Richard stellte hierbei fest, daß er ein schlechtes

Gewissen hatte. Es tat ihm jetzt leid, daß er dem jungen Kellermann gegenüber nicht den Mund gehalten hatte.

»Noch besser wäre es gewesen zu lügen«, murmelte er. Doch diese Erkenntnis kam leider zu spät.

Seufzend stand er auf und machte sich auf den Weg nach Grünwald, obwohl er nicht glaubte, daß er Verena dort antreffen würde. Selbst wenn sie die Absicht hatte, nach Hause zurückzukehren, war sie höchstwahrscheinlich noch unterwegs – ganz gleich, ob sie sich für die Eisenbahn oder – als Anhalterin – für die Straße entschieden hatte.

Richard hatte Anton geraten, vorerst unten an der Riviera zu bleiben und dort auf Nachricht zu warten. Anton hatte sich von dem Hinweis überzeugen lassen, daß Verena doch durchaus anderen Sinnes werden und in die Villa zurückkehren konnte.

Das heruntergekommene Haus an der Hubertusstraße, das so gar nicht ins teure Grünwald zu passen schien, wirkte leer und abweisend. Richard ging zur Haustür und läutete.

Vergeblich, wie er es erwartet hatte.

Der Zug kam früh um sieben Uhr in München an. Er hatte über eine Stunde Verspätung. Verena, die jetzt seit mehr als vierundzwanzig Stunden unterwegs war, konnte kaum noch die Augen offenhalten. Sie brannten und tränten. Jede Bewegung erforderte scheinbar übermenschliche Energie.

Verena hatte unterwegs nicht geschlafen. Nicht eine Minute. Damit allein war ihre Erschöpfung jedoch nicht zu erklären.

Die hatte auch psychische Gründe: Je länger die Reise gedauert hatte, desto stärker war Verenas Furcht vor der Heimkehr geworden. Die große Verspätung war ihr deshalb nur recht gewesen.

Jetzt, als sie in der Straßenbahn saß, dröhnte ihr Schädel, als wollte er zerspringen.

Ich weiß nicht, wie es weitergehen soll, dachte sie. Ich werde versuchen zu schlafen. Und wenn ich in einem etwas besseren Zustand bin, gehe ich zu Andreas.

Sie wußte nicht, ob er noch in der Waldner-Klinik war, vermutete es jedoch. Aber es spielte letztlich keine Rolle. Ob in der Klinik oder in der Villa der Kellermanns, der Besuch würde all ihre Kraft kosten.

»Und wenn ich nicht genügend Kraft aufbringe?«

Erst als eine ältere Frau sie neugierig anstarrte, begriff Verena, daß sie den letzten Satz laut ausgesprochen hatte. Sie wandte den Kopf und starrte mit leerem Blick zum Fenster hinaus.

An der Haltestelle Sportschule stieg sie aus. Von hier aus hatte sie noch etwa zehn Minuten Fußweg, aber sie brauchte fast doppelt so lange. Es kam ihr vor, als bewege sie sich unter Wasser. Alles hatte etwas Unwirkliches, selbst die Häuser, die Straßen, die Bäume, die sie seit ihrer frühesten Kindheit kannte, die ihr so vertraut waren, daß sie sie normalerweise mit geschlossenen Augen hätte zeichnen können.

Endlich erreichte sie das Haus in der Hubertusstraße. Sie schloß auf und trat ein. Abgestandene Luft schlug ihr entgegen. Sie sah sich mit den Augen einer Fremden um.

Da war absolut nichts, was ihr gesagt hätte: Nun bist du zu Hause. Hier bist du in Sicherheit. Hab' keine Angst mehr, hier kann dir nichts geschehen.

Eine uneingestandene Hoffnung verlor sich. Verena fühlte sich noch verlassener und leerer als zuvor. Sie stieg in den Keller hinab und schaltete die altertümliche Heizung ein. Die Rohre begannen bald mit dem vertrauten Pumpen. Es würde ziemlich lange dauern, bis genügend Wasser für ein Bad oder wenigstens für eine warme Dusche da war.

Verena zog sich trotzdem schon aus. Sie setzte sich auf die Kante ihres Bettes. Daß sie sich nach hinten fallen ließ, bekam sie gar nicht mehr richtig mit. Im nächsten Moment war sie eingeschlafen.

Die Kälte weckte sie. Trotz der noch beinahe sommerlichen Temperaturen, die draußen herrschten, war es hier in dem alten Haus sehr kühl.

Verena drehte mehrere Heizkörper auf. Sie ging ins Bad und ließ Wasser in die Wanne einlaufen. Ihre Gedanken kreisten pausenlos um Andreas und um Themen, die mit ihm und ihr zu tun hatten. Es war aber keine Ordnung in diesen Gedanken. Sie führten zu nichts.

Das heiße Bad tat gut. Verena spürte, daß es ihr gelang, sich zu entspannen. Plötzlich funktionierte auch ihr Gehirn wieder zuverlässiger. Jedenfalls hatte sie diesen Eindruck.

Es war vier Uhr nachmittags, als sie sich anzog und bereit war, das Haus zu verlassen.

Mit welchem Ziel?

Verena ging nicht zur Villa der Kellermanns und auch nicht zur Straßenbahn, um nach München zu fahren. Verena wandte sich in Richtung Gartenstraße, denn sie hatte beschlossen, zuerst mit Doktor Frank zu sprechen.

Ob er sie anhören würde?

Um nichts anderes ging es im Moment, sah man davon ab, daß der Arzt ihr zweifellos sagen konnte, ob Andreas noch in der Klinik oder wieder zu Hause war.

Als sie vor dem Haus mit der Nummer sechsundzwanzig stand, fühlte sie sich so kraftlos, daß es ihr kaum gelang, die Hand zu heben und den Klingelknopf zu drücken. Etwa zehn, zwölf Sekunden vergingen, ohne daß etwas geschah. Dann wurde die Haustür geöffnet, und Verena sah sich einer korpulenten Frau im weißen Kittel gegenüber.

Schwester Martha sah dem jungen Mädchen sofort an, daß es dringend Hilfe brauchte.

»Bitte, ich möchte Doktor Frank sprechen. Es ist – sehr wichtig«, stammelte Verena.

»Denn komm' Se man rin, junge Frau.« Der ausgeprägte Berliner Dialekt der Schwester mochte an diesem Ort überraschend klingen, er hatte jedoch etwas Beruhigendes.

»Danke«, sagte Verena. Sie atmete auf, weil die erste Hürde genommen war. Nach diesem freundlichen Empfang zweifelte sie kaum mehr daran, daß der Arzt sich Zeit für sie nehmen würde.

Schwester Martha nahm die Besucherin mit in das Zimmer, das sie mit Schwester Marie-Luise teilte, die heute jedoch früher gegangen war. Dort brachte sie Verena dazu, sich zu setzen und ihr wenigstens zu verraten, wer sie war.

Verena, von jähem Vertrauen in die korpulente Frau erfüllt, erzählte sogar direkt, was ihr auf dem Herzen lag:

»Es geht um Andreas Kellermann. Ich bin erst heute nach Grünwald zurückgekehrt und wüßte gern, wie es ihm geht.«

Schwester Martha nickte, erwähnte jedoch nicht, daß sie eine ganze Ecke mehr wußte, als die junge Besucherin sich vermutlich träumen ließ.

»Herr Doktor macht noch Hausbesuche, Frollein Köllner. Aba et kann nich mehr lange dauern, bis er zurück is. Wie wär't denn mit 'ner schönen Tasse Kaffee?«

Eigentlich sagte Verena nur aus Höflichkeit: »Ja, danke.« Doch bald stellte sie fest, daß der heiße, starke Kaffee ihr wirklich guttat.

Doktor Frank kam kurze Zeit später nach Hause. Schwester Martha wußte es einzurichten, daß sie ihm erst einmal unter vier Augen berichten konnte, wer da auf ihn wartete. Freundlich bat der Arzt Verena in sein Sprechzimmer.

»Was kann ich für Sie tun, Fräulein Köllner?«

»Sie wissen, um wen es sich handelt, nicht?«

»Ja, das kann ich mir denken«, nickte Frank.

»Wie geht es Andreas?«

»Nicht sehr gut.« Doktor Franks Tonfall war sehr ernst. Nach kurzer Überlegung war er zu der Überzeugung gelangt, daß er es durchaus verantworten konnte, noch etwas mehr zu verraten, ohne mit seiner ärztlichen Schweigepflicht in Konflikt zu geraten: »Die konservative Behandlung hat bisher leider nicht den erhofften Erfolg gebracht.«

»Andreas ist also noch in der Klinik?«

»Wußten Sie das nicht?«

Verena schüttelte den Kopf. Sie erklärte, daß sie erst an diesem Tag aus Nizza zurückgekommen sei.

»Ja, ich verstehe.«

»Muß er operiert werden, Herr Doktor?«

»Falls die konservative Behandlung nicht doch noch zum Erfolg führt, – ja.«

Nachdenklich saß Verena da. Vorübergehend schien sie ganz vergessen zu haben, daß sie nicht allein war, sondern Doktor Frank in dessen Sprechzimmer gegenübersaß. Auf ihrer Stirn stand eine steile Falte. Sie nahm die Unterlippe zwischen die Zähne; eine charakteristische Gewohnheit, die ihr gar nicht bewußt war. Das Ergebnis ihres Nachdenkens faßte sie zunächst in dem leise ausgesprochenen Satz zusammen:

»Das ist alles meine Schuld.«

»Wie meinen Sie das, Fräulein Köllner?« erkundigte Doktor Frank sich ruhig.

»Ich habe Andreas belogen. Und diese Lüge war nicht nur das Ende unserer Liebe, sondern . . .« Sie konnte zunächst nicht weitersprechen, ein halbersticktes Schluchzen kam aus ihrer Kehle.

Stefan Frank spürte die Verzweiflung der jungn Frau. Er dachte, hoffentlich bringe ich sie dazu, mir alles zu sagen. Nur dann hatte er – vielleicht – eine Chance, ihr und Andreas Kellermann zu helfen.

»Kann meine Lüge Andreas' Krankheit ausgelöst haben, Herr Doktor?«

»Magengeschwüre bekommt man nicht von einem Tag auf den anderen. Andreas Kellermann hat sich nach meiner Überzeugung viel zu lange und zuviel zugemutet. Die Doppelbelastung durch Studium und Beruf ist über seine Kräfte gegangen. Das hat an der Substanz gezehrt. Als dann noch persönliche Probleme hinzukamen, hat seine Widerstandskraft nicht mehr ausgereicht.«

»Ja, das verstehe ich. Es ist also meine Schuld.« Verzweifelt fuhr Verena fort: »Wie oft habe ich diese Lüge schon bereut! Ich wußte im selben Augenblick, da ich sie aussprach, was für einen entsetzlichen Fehler ich machte, aber ich konnte nicht anders. Ich hatte nicht die Kraft, alles zuzugeben. Wenn Andreas mir doch nur nicht geglaubt hätte! Verstehen Sie, wie ausweglos meine Situation war, Herr Doktor?«

»Ich glaube schon.«

»Andreas vertraute mir. Er konnte sich überhaupt nicht vorstellen, daß ich ihn belügen würde. Und gerade deshalb – war ich nicht fähig, ihm die Wahrheit zu sagen.«

»Die Wahrheit ist . . .«

» . . . daß Richard Laibach und ich mehr als nur Freunde waren. Für kurze Zeit. Ich kannte Andreas doch damals noch gar nicht. Und überhaupt es gab keinen einzigen Grund, Andreas etwas vorzumachen. Ich muß damals von allen guten Geistern verlassen gewesen sein.«

8

Andreas war gerade allein im Zimmer, als Doktor Frank ihn besuchte. Michael Kegel, der kurz vor der Entlassung stand, hatte sich angezogen und machte »Gehversuche« in der Umgebung der Klinik.

»Wie fühlen Sie sich heute?« erkundigte der Arzt sich nach der Begrüßung. Er rückte einen Stuhl neben Andreas' Bett und setzte sich.

»Wollen Sie die Wahrheit wissen, Doktor Frank?«

»Natürlich.«

»Miserabel fühle ich mich!« Er fügte niedergeschlagen hinzu: »An einer Operation führt nun ja wohl doch kein Weg vorbei. Und Ihnen kann ich es ja sagen: Ich habe Angst. Nicht so sehr vor der Operation. Aber vor den Folgen fürchte ich mich. Bis jetzt sehe ich noch keinen Weg, mit dem Gefühl fertigzuwerden, daß ich dann ein Krüppel sein werde.«

»Warum die konservative Behandlung bei Ihnen wohl gar nicht anschlägt? Haben Sie einen Verdacht, Andreas?«

»Ich bin kein Arzt«, erwiderte der Patient knapp. Er bewegte den Kopf leicht nach links, so daß sein Blick an dem Besucher vorbeiging.

»Wir haben ja schon über den Einfluß psychischer Faktoren auf Krankheitssymptome gesprochen. Solange in Ihrem Fall die Ursache nicht beseitigt ist, wird die Behandlung nur mäßigen oder gar keinen Erfolg haben.«

»Das kann ich nicht ändern«, murmelte Andreas.

»Vielleicht nicht.«

»Nein, ganz sicher nicht!«

Doktor Frank schwieg eine Weile. Er sah Andreas jedoch unverwandt an. Dessen Blick war nach wie vor auf die Wand gerichtet.

»Ich hatte Besuch, Andreas.«

»So?«

»Sie können sich denken, von wem ich spreche.«

Andreas biß die Zähne so fest aufeinander, daß die Wangenknochen stärker hervortraten. Offenbar gab es eine starke psychische Sperre, die ihn daran hinderte, sich auf eine Diskussion über Verena Köllner – und über seine Gefühle – einzulassen.

Doch Doktor Frank ließ sich nicht davon abhalten weiterzusprechen.

Andreas zuckte zusammen wie unter einem Peitschenhieb, als der Arzt Verenas Namen nannte.

»Wir haben uns lange und ausführlich unterhalten«, fuhr Stefan Frank fort. »Es war ein gutes, offenes Gespräch.«

»Ehrlich gesagt, das interessiert mich nicht.« Die spröde Stimme und die spürbare Anspannung straften Andreas' Behauptung Lügen.

Stefan Frank ließ sich davon gar nicht beeindrucken.

»Fräulein Köllner hat mir erzählt, was vorgefallen ist. Ich möchte Ihnen eine Frage stellen, Andreas«, sagte er ernst.

Der junge Mann schwieg, als hätte er gar nicht zugehört.

Beinahe krampfhaft hielt er den Kopf so, daß er den Arzt nicht ansehen mußte.

»Wie hätten Sie reagiert, wenn Verena Köllner Ihnen damals die Wahrheit über ihre Beziehung zu Richard Laibach gesagt hätte?« lautete die Frage.

Zunächst schüttelte Andreas den Kopf, was wohl heißen sollte, daß er nicht die Absicht hatte, diese Frage zu beantworten.

Der Arzt blickte ihn jedoch unbeeindruckt und unverwandt an.

»Das spielt doch überhaupt keine Rolle!« stieß Andreas heftig hervor.

»Meiner Meinung nach spielt das eine sehr große Rolle.«

»Wieso denn?«

»Weil Fräulein Köllner ihre Lüge längst bereut.«

Andreas preßte die Lippen aufeinander, daß sie zu einem schmalen Strich wurden.

»Wollen Sie wissen, wann sie begonnen hat, alles zu bereuen?«

»Das interessiert mich nicht.«

Doktor Frank fuhr unbeirrt fort: »Sofort, nachdem sie die Lüge ausgesprochen hatte.«

»Na und? Ändert das etwas an den Tatsachen?«

Der Arzt ging nicht direkt auf diese Frage ein. Stattdessen wollte er wissen: »Haben Sie noch nie aus einem Gefühl heraus etwas gesagt, was Sie später bereut haben?«

»Doch«, räumte Andreas ein.

»Aha. Und warum gestehen Sie so etwas nicht auch anderen Menschen zu?«

Andreas schüttelte nur den Kopf. Doktor Frank brachte ihn völlig durcheinander. Er wollte sich vorsehen, um nicht am Ende Zugeständnisse zu machen, die er gar nicht machen wollte.

»Verena macht sich nicht nur schwere Vorwürfe, Andreas. Sie ist vor Sorge um Ihre Gesundheit selbst schon fast krank.«

»Hat sie Ihnen das erzählt?«

»Sprechen Sie doch nicht in diesem feinseligen Ton. Sie wollen doch nicht wirklich den Eindruck erwecken, daß Sie Verena Köllner hassen?«

»Verena ist mir gleichgültig!« stieß Andreas heftig hervor.

»Das nun ganz bestimmt nicht. Und ich werde auch nicht so tun, als glaubte ich Ihnen.«

Hilflos fragte Andreas: »Warum lassen Sie mich nicht in Ruhe?«

»Weil ich Ihr Arzt bin. Und weil ich immer noch darauf hoffe, daß wir Ihnen die Operation ersparen können.«

»Was hat Verena damit zu tun?«

»Viel, Andreas. Sehr viel. Das wissen Sie so gut wie ich.«

»Ach was!« Andreas machte eine abwehrende Handbewegung und sprach in einem Ton, der Endgültigkeit signalisierte. »Das Kapitel ist für mich längst abgeschlossen. Verena interessiert mich nicht mehr. Ich weiß inzwischen, daß meine Eltern recht hatten.«

Bei dem letzten Satz überzog sich sein Gesicht mit heftiger Röte. Er spürte, wie ihm heiß wurde.

Ein miserabler Lügner, dieser Junge, dachte Doktor Frank. Aber daß er sich schämt, ist ein gutes Zeichen.

»Verena Köllner möchte Sie besuchen«, sagte er nach einer kurzen Pause.

»Darauf lege ich keinen Wert!« behauptete Andreas, der auch jetzt wieder starr geradeaus auf die Wand blickte.

»Denken Sie darüber nach«, empfahl der Arzt. »Ich suche Sie morgen wieder auf.« Damit verabschiedete er sich und ließ seinen Patienten allein.

Richard hatte Anton Köllner geraten, vorläufig unten an der Riviera zu bleiben und abzuwarten. Er hielt es nicht für ausgeschlossen, daß Verena dorthin zurückkehrte.

Doch Anton hielt es nicht länger aus, zumal er während eines weiteren Telefonats mit Richard den Eindruck gewonnen hatte, daß auf den Freund und Gönner in der gegenwärtigen Situation kein Verlaß war.

Jetzt saß Anton im Flugzeug und grübelte darüber nach, was ihn zu Hause erwarten würde.

Ein Taxi brachte ihn vom Flughafen Riem hinüber nach Grünwald. Endlich hatten sie die Hubertusstraße erreicht, und das Taxi hielt. Anton stopfte das Wechselgeld ungezählt in die Tasche, während der Fahrer das Gepäck neben dem Gartentor abstellte. Dort blieb es vorerst stehen, denn Anton eilte zur Haustür und schloß sie auf.

»Rena! Bist du da?« Er rief ohne große Hoffnung auf eine Antwort. Doch dann vernahm er das vertraute Knarren von Stufen, und gleich darauf entdeckte er seine Tochter oben auf der im Halbdunkel liegenden Treppe.

»Rena. – Du bist es doch wirklich?« Antons Stimme bebte; gleichzeitig verriet sie unendliche Erleichterung.

Verena begriff erst in diesem Augenblick, was sie ihrem Vater mit ihrem heimlichen Verschwinden angetan hatte. Sie kam die Treppe hinabgeeilt.

»Ich bin ja so froh, dich zu sehen.« Anton hatte seine Stimme immer noch nicht ganz unter Kontrolle. »Seit wann bist du hier? Ich habe versucht, dich anzurufen. Du hättest wirklich abnehmen können.«

»Ich habe das Telefon nicht gehört, Vater«, entgegnete Verena leise.

»Ich hab's mindestens sechs, sieben Mal probiert.«

»Aber ich war praktisch nur zum Schlafen hier im Haus.«

»Ach so. Ich verstehe.« Er winkte ab: »Na, das ist jetzt ja auch egal. Hauptsache, ich weiß, daß es dir gutgeht.« Noch während Anton den letzten Satz aussprach, merkte er, wie albern das im Moment klingen mußte. Er stotterte: »Ich meine ... ich wollte sagen ... daß du gut nach Hause gekommen bist.«

»Du hättest doch noch bleiben können«, murmelte Verena schuldbewußt.

»Ohne dich?« Ihr Vater schüttelte den Kopf: »Nein, das konnte ich nicht. Hast du etwas von Richard gehört?«

Ihr Gesicht verschloß sich. Es nahm einen harten

Ausdruck an. Anton begann jetzt manches zu begreifen, worüber er bisher offenbar noch nicht hinreichend nachgedacht hatte. Er versuchte, seine Frage zu erläutern, indem er hinzufügte:

»Weil ich Richard nämlich gebeten hatte, sich um dich zu kümmern.«

»Richard ist wirklich der letzte Mensch, von dem ich wünschte, daß er sich um mich kümmert!« erklärte Verena feindselig. Sie merkte, daß sie ungerecht war, aber sie *wollte* ungerecht sein.

»Tut mir leid, Rena. Mir ist eben sonst niemand eingefallen, an den ich mich wenden konnte, nachdem du verschwunden warst.«

»Schon gut, Vater.«

»Ach, ich habe den Eindruck, daß nichts gut ist«, seufzte Anton.

»Wo ist denn dein Gepäck?« versuchte Verena abzulenken.

Anton sah sie nur ratlos an. Verena ging hinaus und entdeckte es auf dem Gehsteig. Sie trug es ins Haus.

Es dauerte bis zum späten Abend, bis Anton endlich soviel aus seiner Tochter herausgefragt hatte, daß er sich ein Bild machen konnte. Wie wenig oder wie sehr dieses Bild sich mit Verenas Wirklichkeit deckte, vermochte er nicht zu beurteilen. Und Andreas Kellermann hatte vermutlich wieder eine ganz andere Wirklichkeit. War Objektivität schon normalerweise ein kaum zu verwirklichendes Ideal, so ließ sie sich nach Antons Überzeugung in einer so komplizierten Liebesgeschichte überhaupt nicht erreichen; auch nicht annähernd.

Am nächsten Morgen, noch vor dem Aufstehen, faßte Anton einen Entschluß, und am Vormittag setzte er ihn direkt in die Tat um. Seiner Tochter, die gerade vom Einkaufen zurückkehrte, erzählte er: »Ich gehe ein Stück spazieren. Ich brauche frische Luft.«

Tatsächlich endete sein Spaziergang bereits in der benachbarten Gabriel-von-Seidl-Straße. Dort läutete Anton am Tor der Kellermannschen Villa.

»Sie wünschen?« erkundigte sich eine Frauenstimme über die Gegensprechanlage.

»Frau Kellermann? Hier ist Köllner. Anton Köllner.«

»Sie möchten die gnädige Frau sprechen?« tönte es zurück.

Ach so, dachte Anton, das war sie gar nicht selbst. Natürlich nicht. Solche Leute hatten ja Bedienstete.

»Richtig, ich möchte Frau Kellermann sprechen. Oder Herrn Kellermann. Es ist wichtig.«

Er wurde gebeten zu warten. Nach einer kleinen Ewigkeit öffnete sich die Pforte. Gleichzeitig bat die Stimme:

»Treten Sie bitte ein, Herr Köllner. Herr Kellermann erwartet Sie.«

Hubert Kellermann hatte eine kurze Diskusion mit seiner Frau geführt. Sie waren zu dem Ergebnis gekommen, daß Hubert zunächst allein mit dem unangemeldeten und unwillkommenen Besucher sprechen sollte. Henriette wartete nebenan, bei halb geöffneter Tür, so daß sie mithören konnte. Je nachdem, wie die Unterhaltung mit Verenas Vater verlaufen würde, würde Hubert seine Frau hinzubitten.

Anton wurde höflich empfangen, aber er spürte trotzdem sofort die starken Vorbehalte, die ihm als Angehörigen einer anderen gesellschaftlichen Schicht entgegengebracht wurden. Darum gab er sich betont knapp und nüchtern.

»Lassen Sie uns ohne lange Vorrede zur Sache kommen, Herr Kellermann.«

»Das ist auch in meinem Interesse.«

Sie saßen sich in einem hohen, getäfelten Raum gegenüber. Er war schön geräumig. Ein Teil der Wände war von deckenhohen, eingebauten Bücherschränken verdeckt. Auch die übrigen Möbelstücke verrieten einen untadeligen Geschmack. Durch die hohen, schmalen Fenstertüren ging der Blick auf den gepflegten Park mit seinem alten Baumbestand. Unter anderen Umständen hätte der sensible Anton ein solches Ambiente genossen, weil es seinen Sinn für Harmonie und Schönheit ansprach. Unter den gegebenen Umständen nahm er es jedoch nur wie durch einen grauen Schleier zur Kenntnis.

»Es geht um meine Tochter und um Ihren Sohn«, begann er.

Hubert Kellermann schwieg. Er saß entspannt da, leicht zurückgelehnt, absolut selbstsicher – und überlegen.

»Ich finde, wir sollten den jungen Leuten die Entscheidung selbst überlassen.« Anton kam sich ungeschickt vor.

So wirkte er auch auf den Hausherrn.

»Sie verstehen, nicht wahr? Ich spreche – äh – von der Entscheidung über ihr Leben. Ob sie ihren Lebensweg gemeinsam gehen wollen oder nicht.«

»Aber selbstverständlich, Herr Köllner.« Auf einmal klang Huberts Stimme geradezu verbindlich.

»Sie sind einverstanden?«

Hubert nickte. »Dazu hätte es Ihrer Intervention nicht bedurft.«

Anton lächelte erleichtert und entspannte sich spürbar. Doch bevor er noch etwas sagen konnte, fuhr Hubert fort:

»Soweit ich unterrichtet bin, hat mein Sohn seine Entscheidung auch bereits getroffen. Ist es Ihrer Aufmerksamkeit denn entgangen, daß Andreas Ihre Tochter nicht mehr trifft?«

»Aber das liegt doch wohl nur . . .« Anton geriet ins Stocken.

»Das liegt daran, daß es sich wohl doch nicht um die

große Liebe handelt, an die Andreas vorübergehend geglaubt hatte.« Hubert erhob sich; er sah keine Notwendigkeit, dieses Gespräch fortzusetzen. »Wir sollten beide froh ein, daß unsere Kinder ihren Irrtum noch rechtzeitig begriffen haben, Herr Köllner.« Hubert lächelte. »Dadurch ist den beiden und uns allen viel Kummer erspart geblieben. – Ich bringe Sie zur Tür.«

Anton war so verwirrt, daß er weder gegen die plötzliche Verabschiedung protestierte noch irgendein Gegenargument hervorbrachte.

Als er zurückkehrte, lächelte Hubert seiner Frau wie ein Sieger zu.

»Du hast ihn genau richtig behandelt«, sagte Henriette. »Der kommt bestimmt nicht wieder.«

»Stell' dir vor, wir müßten uns mit diesem Menschen als Schwiegervater unseres Sohnes abgeben!«

»Nein, das will ich mir gar nicht vorstellen«, entgegnete seine Frau.

Michael Kegel hatte sich mit Andreas angefreundet. Sie duzten sich längst und hatten manche Stunde genutzt, um über ihre Probleme zu sprechen.

»Du hast es gut«, seufzte Andreas. »Du bist gesund und wirst morgen entlassen.«

»Wird auch höchste Zeit«, erwiderte Michael.

»Du bist überhaupt ein Glückspilz.«

»Na, na! Du weißt doch, was ich durchgemacht habe!« meldete Michael Widerspruch an.

»Aber du hast es hinter dir.«

»Ja«, gab der andere zu. »Und du steckst noch mittendrin in deinen Schwierigkeiten. Ich wünschte, ich könnte dir helfen, Andreas.«

Niedergeschlagen winkte Andreas ab. »Mir kann keiner helfen.«

»Das stimmt nicht.«

»Das kannst du doch gar nicht beurteilen, Michael.«

»Wer denn, wenn nicht ich? Du weißt doch ganz genau, wie schlimm es mir ergangen ist. Und daß es Zeiten gegeben hat, in denen ich am liebsten Schluß gemacht hätte.«

»Ja, ja. Aber trotzdem ist da ein gewaltiger Unterschied«, murmelte Andreas.

Michael registrierte den Satz zwar, fuhr jedoch unbeirrt fort:

»Als ich mich damals nach der ersten Operation viel zu früh aus der Klinik davongemacht hatte, um meine Ehe zu retten, und als ich dann begriff, daß es nichts zu retten gab ... Als ich dahinterkam, wie Petra mich nach Strich und Faden betrog und belog, da wäre ich am liebsten gestorben.«

»Das hättest du ja auch beinahe geschafft«, kommentierte Andreas.

Michael nickte. »Ja. Ich kann dir sagen, als ich nach der zweiten Operation, nachdem ich über den Berg war, von Doktor Waldner erfuhr, an welch dünnem Faden mein Leben gehangen hatte, da ist mir doch ganz mulmig zumute gewesen. Und dann packte mich eine eiskalte Wut. Ich glaube, wenn Petra in dem Moment in der Nähe gewesen wäre, ich hätte sie erwürgt.« Er dachte einen Moment stirnrunzelnd über diese Behauptung nach. Schließlich schüttelte er den Kopf. »Nein, natürlich hätte ich das nicht getan.«

»Du wärst zu vernünftig gewesen, um dich auf diese Weise von deiner Ex-Ehefrau auch noch ins Gefängnis bringen zu lassen.«

»Ja, das denke ich auch.«

»Den Unterschied zwischen deinem und meinem Schicksal siehst du doch aber auch?« fragte Andreas.

»Du meinst: Renate?«

»Genau. Du hast eine unglückliche Ehe hinter dir, doch danach hast du die Frau gefunden, die du liebst.«

»Ja, ich habe meine große Liebe wiedergefunden.« Michael lächelte glücklich und versonnen.

»Und ich habe meine für alle Zeit verloren«, sagte Andreas verzweifelt. »Du schüttelst den Kopf? Es ist so, und du weißt es.«

»Nein, Andreas. Ich kann deine Situation einfach nicht ganz so schwarz sehen.«

»Das ändert nichts.«

»Ich kann es deshalb nicht«, fuhr Michael unbeeindruckt fort, »weil ich weiß, daß du Verena immer noch liebst.«

Andreas schüttelte heftig den Kopf.

»Und doch ist es so, du machst mir nichts vor.«

»Die Verena, die ich immer noch liebe«, seufzte Andreas, »gibt es nur leider nicht mehr. Die hat es möglicherweise nie gegeben.«

Michael dachte eine Weile nach und verkündete dann: »Du bist ein Dummkopf, Andreas.«

»Oh, vielen Dank.«

»Was du mir über dein letztes Gespräch mit Doktor Frank erzählt hast: Ich verstehe einfach nicht, daß du so stur warst!«

Andreas schwieg.

»Der Mann ist doch nicht von ungefähr auf das Thema gekommen! Der weiß doch genau, was er sagt und tut.«

»Na und?«

»Doktor Frank hat dir goldene Brücken gebaut. Was hättest du dir denn vergeben, wenn du einem Gespräch mit Verena zugestimmt hättest?«

»Nichts«, gab Andreas zu.

»Aber du hast abgelehnt.«

»Ja.«

»Warum nur?« fragte Michael, der es wirklich nicht verstand und dessen Stimme deshalb geradezu verzweifelt klang.

»Weil ein Gespräch nichts ändern würde. Es ist besser, wenn ich Verena nie mehr sehe. Vielleicht vernarben die Wunden dann irgendwann.« Aber eigentlich glaubte er daran selber nicht.

Am nächsten Morgen kam Renate, um ihren Michael abzuholen. Andreas hätte am liebsten schon vorher das Zimmer verlassen, weil er wußte, wie es ihm zusetzen würde, das unverhüllte Glück der beiden aus nächster Nähe zu erleben. Doch er fühlte sich zu schwach, um sein Bett zu verlassen. Es ging ihm heute so schlecht wie selten. Zweifellos hing das auch damit zusammen, daß er nun seinen angenehmen Gesellschafter verlor. Mit wem sollte er künftig reden?

Michael spürte, was den zum Freund gewordenen Mit-Patienten zusätzlich bedrückte.

»Ich komme dich besuchen, Andreas«, versprach er.

Andreas wehrte ab: »Du wirst froh sein, wenn du die Klinik so rasch nicht mehr von innen siehst.«

»Das stimmt sicher.« Michael lachte. »Aber ich komme trotzdem. Kannst dich darauf verlassen.«

»Geben Sie nicht auf, Fräulein Köllner«, sagte Doktor Frank mit Nachdruck. »Das letzte Wort ist noch nicht gesprochen, darauf gehe ich jede Wette ein.«

»Aber Sie haben doch gehört: Andreas will mich nicht sehen. Er hat es Ihnen selbst gesagt.«

»Und er kann seine Entscheidung schon morgen ändern.«

»Nein.« Verena schüttelte den Kopf. »Ich glaube, da kenne ich Andreas besser.«

»Zweifellos kennen Sie ihn besser als ich. Doch Sie haben ihn nicht in seinem derzeitigen Zustand erlebt. Er leidet – wie ein Tier, das sich nicht mitteilen kann. Ich spreche jetzt nicht von den Schmerzen, die ihm die Magengeschwüre bereiten.«

»Es ist meine Schuld, daß er leidet.« Verena saß dem Arzt mit gesenktem Kopf gegenüber. »Ich kann meine Lüge nicht ungeschehen machen. Und Andreas kann sie nicht verzeihen. Deshalb gibt es keinen Weg, der uns wieder zueinanderführen könnte.

»Das letzte Wort ist noch nicht gesprochen«, beharrte Stefan Frank auf seiner Meinung.

Verena merkte erst später, als sie das Haus in der Gartenstraße längst verlassen hatte, wie gut ihr das zweite Gespräch mit dem Arzt getan hatte. Sie verspürte eine neue Hoffnung, ja, man hätte beinahe von Zuversicht reden können.

Doktor Frank, sagte sie sich, ist kein Mensch, der mit hohlen Worten tröstet. Keiner, der etwas sagt, woran er selbst nicht glaubt. Außerdem besaß der Arzt zweifellos eine sehr große Menschenkenntnis. War es unter diesen Voraussetzungen nicht schon so gut wie sicher, daß Andreas . . .

Hier gerieten Verenas Überlegungen ins Stocken. Sie wollte sich selbst nichts vormachen. Auf gar keinen Fall.

»Es ist besser, wenn ich meine Hoffnungen nicht zu hoch schraube«, murmelte sie.

Verena ging wie in Trance herum, während ihr Vater sie aus dem Hintergrund beobachtete. Seit dem Besuch bei Hubert Kellermann fühlte Anton sich völlig hilf- und ratlos. Er hatte geglaubt, etwas für seine geliebte Tochter tun zu können – und hatte erkennen müssen, daß seine Möglichkeiten gleich Null waren.

Als er sich endlich zu einem weiteren Versuch, mit Verena zu sprechen, durchgerungen hatte, war sie wieder einmal verschwunden. Er suchte das ganze Haus ab, vom Keller bis zum Dachboden, denn er hatte sie nicht gehen sehen.

Es war vergeblich.

Verena war um diese Zeit schon unterwegs nach

München. Sie benutzte die Straßenbahn und ging dann ein ganzes Stück zu Fuß. Die Waldner-Klinik lag ja am Englischen Garten, und der Park war – vorerst – ihr Ziel.

Vielleicht, überlegte sie, steht Andreas an einem Fenster und schaut herab. Vielleicht treffen sich unsere Blicke. Daß ich da bin, wird ihm sagen, daß ich ihn liebe und wie ich mich danach sehne, ihn zu sehen, mit ihm zu sprechen. Wenn er wirklich noch etwas für mich empfindet, wie Doktor Frank glaubt, wird er nachdenken und seine Entscheidung – vielleicht – umstoßen.

Sie war fast am Ziel. Jetzt konnte sie das moderne, hohe Klinikgebäude mit seinen flacheren Anbauten bereits sehen.

Ob es Krankenzimmer gab, deren Fenster zu dieser Seite hinausgingen? Oder gingen sie alle zum Park?

Verenas Blick suchte die Fensterfronten von oben nach unten ab, doch die Entfernung war noch zu groß. Sie überquerte die Straße, nachdem sie gewohnheitsmäßig nach links und rechts geblickt hatte.

Flüchtig. Zu flüchtig.

Aus einer Seitenstraße kam mit hohem Tempo ein Motorrad. Der Fahrer sah die junge Frau auf die Fahrbahn treten und riß seine Maschine instinktiv nach rechts, um hinter ihr vorbeizufahren.

Verena jedoch, durch den plötzlichen Lärm des Motors erschreckt, wollte auf den Gehsteig zurückkehren.

Sie wurde von der schweren Maschine erfaßt und durch die Luft geschleudert. Sie hörte einen Schrei. Ihren eigenen? Sie vernahm ein häßliches Kreischen und einen harten Aufprall, als das Motorrad über den Gehsteig schlitterte und an eine Hausmauer prallte. Metall barst, Glas splitterte. Dann – nach einer scheinbaren Ewigkeit – schlug Verena auf den Boden auf. Es wurde ganz still um sie herum. Und dunkel.

Im Nu waren zehn, zwölf oder mehr Leute zur Stelle. Die meisten zeigten sich der Situation nicht gewachsen. Glücklicherweise gab es jedoch einige Besonnene, die sich wirklich um die beiden Verletzten kümmerten und in der Klinik gegenüber Hilfe holten.

Dort handelte man rasch. Schon anderthalb Minuten nach dem Unfall waren zwei Ärzte zur Stelle: Doktor Jürgen Blatt von der Unfallstation und sein Kollege Doktor Büttner, ein Internist.

Sie handelten schnell. In rasender Eile wurden die beiden bewußtlosen Schwerverletzten in die Klinik gebracht, und zwar in die neue Unfallstation im Erdgeschoß des Neubaus.

Der Zufall wollte es, daß Doktor Frank um diese Zeit aus Grünwald zur Klinik kam; Frau Dorn, eine seiner Patientinnen, sollte am kommenden Vormittag operiert werden. Sie war erst fünfunddreißig, litt nach zwei Schwangerschaften ständig unter schlimmen Schmerzen im Unterleib, hervorgerufen durch eine stark gesenkte Gebärmutter, und hatte sich endlich zu einer Operation durchgerungen.

Obwohl sie kein drittes Kind wollte, hatte sie sich nicht für die Entfernung der Gebärmutter entschieden, sondern für eine Scheidenplastik, durch die der Band- und Muskelapparat wiederhergestellt werden sollte.

Frau Dorn war eine schwierige Patientin, stark von Stimmungen abhängig, unter denen auch ihre Ehe litt.

Doktor Frank hatte sich während der Fahrt nach München die Situation der Dorns noch einmal vergegenwärtigt. Jetzt, da die Operation unmittelbar bevorstand, zeigte die Patientin nämlich plötzlich eine unkontrollierte Angst. Und niemand konnte in ihrem Fall dafür garantieren, daß der Eingriff wirklich den erhofften Erfolg brachte.

Möglicherweise würde Frau Dorn sich also in absehbarer Zeit einer zweiten Operation unterziehen müssen, bei der man dann die gesamte Gebärmutter würde entfernen müssen.

Wäre es nicht besser gewesen, ihr unter diesen Umständen direkt zu diesem Eingriff zu raten?

Der Arzt wurde jäh aus seinen Überlegungen gerissen, als er die Klinik erreichte, wo der in unmittelbarer Nachbarschaft vorgefallener Unfall für einige Aufregung sorgte.

Schwester Marianne, auf die er in der Halle traf, verriet ihm, daß es sich bei den beiden Verletzten um eine junge Frau und einen jungen Mann handelte.

»Sie sind beide in lebenbedrohendem Zustand. Der Helm des Motorradfahrers hat nicht gehalten. Ich habe so etwas noch nie gesehen, Herr Doktor: eingedrückt, als wäre er aus Pappe.«

Doktor Frank, der wußte, daß seine Hilfe nicht benötigt wurde, wollte weitergehen, doch er hatte den Lift noch nicht erreicht, als eine andere Krankenschwester – Schwester Elfriede – mit einem blutverschmierten Ausweis in der Hand auftauchte und ihre Kollegin informierte: »Sie heißt Köllner. Wir müssen im Telefonbuch nachschauen. Wahrscheinlich gibt es wieder Dutzende von Eintragungen unter diesem Namen, und wir müssen alle durchprobieren, bis wir die Angehörigen erwischen.«

»Die Adresse . . .«

»Außer dem Namen ist ja nichts mehr zu lesen: Köllner, Verena. Alles andere ist blutverschmiert.«

Stefan Frank stockte der Atem. Auf einmal ging dieser Fall auch ihn etwas an. Die Patientin Dorn würde erst einmal warten müssen.

9

Bevor Doktor Frank mit Verenas Vater telefonierte, suchte er die Unfallstation auf. Dort traf er auch auf seinen Freund, den Klinikchef Doktor Ulrich Waldner. Noch waren alle mit der Erstversorgung der Unfallopfer beschäftigt: Doktor Schlüter, Frau Doktor Körner, Doktor Blatt, ein Stefan Frank nicht namentlich bekannter Assistent und mehrere Krankenschwestern.

»Du kennst das Mädchen?« vergewisserte Doktor Waldner sich.

»Wir haben doch kürzlich über den jungen Kellermann gesprochen, Uli. Erinnerst du dich?«

»Ja, natürlich.« Er blickte den Freund verblüfft an. »Was denn, ist sie etwa die Frau, die ihn so unglücklich macht, daß wir bis heute nichts gegen seine Magengeschwüre auszurichten vermochten?«

»Verena Köllner, ja. – Du, ich muß den Vater verständigen. Und dazu möchte ich wissen, wie es steht.«

Doktor Schlüter hatte mitgehört, obwohl er ganz auf seine Arbeit konzentriert war. Sein knapper Kommentar lautete:

»Mehrere Knochenbrüche. Vermutlich ein Milzriß. Blutdruck fällt rapide.«

Das bedeutete akute Lebensgefahr. Und eine Notoperation.

»Ich verständige den Vater.« Doktor Frank ging zum nächsten Telefon. Er kannte Anton Köllner nicht persönlich. Um Aufgaben wie diese, dachte er, reißt sich niemand. Hoffentlich verliert der Mann nicht den Kopf.

Anton hörte schweigend zu, was der Arzt ihm berichtete. Als Doktor Frank geendet hatte, sagte er leise: »Ich habe verstanden. Ich komme, so schnell ich kann.« Seine Stimme verriet, welche Kraft ihn die Beherrschung kostete.

»Fahren Sie vorsichtig, Herr Köllner!« mahnte Doktor Frank.

»Ich nehme ein Taxi.«

Noch vor Antons Eintreffen wurde Verena aus dem Erdgeschoß hinauf zum ersten Stock gebracht. Die neue Operationsabteilung lag über der Unfallstation. Als ihr Vater die Klinik betrat, hatte man bereits mit der Operation begonnen.

Doktor Ruth Waldner, die Ehefrau des Klinikchefs und Anästhesistin, saß am Kopfende des Tisches und dosierte Narkosegas und Sauerstoff. Während eines solchen Eingriffs, der praktisch ohne Vorbereitung ablief, herrschte nicht die gewohnte Ruhe. Durch die Schleuse kamen und gingen Ärzte und Krankenschwestern, teilten rasch erhobene Laborwerte mit, brachten Blutkonserven.

Die Arbeit am Tisch lief trotzdem mit gewohnter Präzision ab. Doktor Schlüter war der verantwortliche Operateur. Nach wenigen Schnitten stellte er sachlich fest: »Unsere Vermutung war richtig. Milzruptur.«

Blut mußte abgesaugt werden. Viel Blut. Verenas Blutdruck hatte eine kritische Marke erreicht. Während das Operationsgebiet so weit vom ständig nachdrängenden Blut gesäubert wurde, daß die Chirurgen ein sauberes Arbeitsfeld hatten, wurde der Patientin Fremdblut zugeführt.

Nebenan war ein zweites Team mit dem anderen Unfallopfer beschäftigt. Glücklicherweise schienen die Kopfverletzungen nicht so schlimm zu sein, wie es zunächst den Anschein gehabt hatte. Der Motorradfahrer hatte jedoch auch einen komplizierten offenen Bruch des linken Unterschenkels davongetragen.

Vor dem Operationstrakt unterhielt Doktor Frank sich mit Anton Köllner. Verenas Vater war wachsbleich, vollbrachte jedoch eine beachtliche Leistung an Selbstbeherrschung.

Die Frage, die Doktor Frank beschäftigte, war: Wie lange hält der Mann das durch?

»Was hatte sie bloß hier zu suchen«, murmelte Anton, ohne den Arzt anzusehen.

»Sie wissen, daß Andreas Kellermann sich hier in der Klinik aufhält, Herr Köllner?«

»Natürlich weiß ich das. Aber es ist doch aus! Weshalb läuft sie einem Mann nach, der nichts mehr von ihr wissen will?« fragte er erregt.«

»Weil sie ihn liebt«, war die sachliche Antwort des Arztes.

Es gelang Doktor Frank, Anton zum Mitkommen zu bewegen. Sie nahmen in einem Aufenthaltsraum Platz. Doch kaum saßen sie, da wurde der Arzt über die Lautsprecheranlage ausgerufen. Er entschuldigte sich bei Anton, der nur mit einer Handbewegung reagierte, die wohl besagen sollte: Machen Sie sich keine Sorgen, ich komme schon klar.

Stefan Frank beauftragte eine Schwester, ein Auge auf Verenas Vater zu haben.

Er selbst eilte an Andreas' Bett. Wie der junge Mann von Verenas Unfall erfahren hatte, wußte Doktor Frank nicht.

Aber das war jetzt Nebensache.

»Ich weiß mir keinen Rat mehr, Herr Doktor«, sagte die Stationsschwester zu Stefan Frank. »Herr Kellermann ist in einem ganz eigenartigen Zustand. Wie bei einem Fieberschub – aber seine Temperatur ist normal. Er bringt keinen zusammenhängenden Satz heraus und ist überhaupt kaum zu verstehen. Doch Ihren Namen hat er immer wieder genannt.«

Das ist die Angst um Verena, dachte Doktor Frank. Und diese Angst beweist, daß er sie nach wie vor liebt.

Als er das Krankenzimmer betrat, in dem Andreas seit Michael Kegels Entlassung allein lag, kam aus der Kehle des jungen Mannes ein unbeherrschtes Schluchzen. Spontan streckte er beide Hände aus, wie nach einem Retter aus höchster Not.

»Lebt sie? Reden Sie doch, Doktor Frank! Sie lebt, nicht wahr? Sie wird nicht sterben!«

Doktor Frank befannd sich in einer Situation, um die er wirklich nicht zu beneiden war. Sagte er Andreas die ungeschminkte Wahrheit über Verenas Zustand, konnte es zu einem Schock mit unabsehbaren Folgen kommen. Verharmloste er die Situation und überlebte Verena die Notoperation nicht, dann bestand dieselbe Gefahr, nur mit einer gewissen Verzögerung.

Doktor Frank entschied sich für die zweite Möglichkeit. Er stand neben dem Bett des jungen Mannes, der seine Hand umklammert hielt, als wollte er sie nie mehr hergeben, und der ihn aus fiebrig glänzenden Augen anstarrte, als wäre alles, was der Arzt sagte, ehernes Gesetz.

Das Chaos, das in Andreas' Kopf herrschte, ließ gar nicht zu, daß er mehr als einige Schlagworte verarbeitete. Er vergewisserte sich mit vor Atemlosigkeit kaum zu verstehender Stimme: »Ist das wahr? Wird sie leben?«

»Ja, Andreas. Verena wird leben.«

Plötzlich lief ein heftiges Zittern durch Andreas' Körper. Er ließ Doktor Franks Hand los und sank zurück.

»Dann brauche ich mir ja keine Sorgen zu machen«, murmelte er.

Doktor Frank registrierte – zunächst verblüfft – wie der Ausdruck des jungen Mannes sich vollkommen veränderte. Das eben noch verzerrte Gesicht wurde glatt und ausdruckslos. Erst nach einigen Sekunden begriff der Arzt, was da ablief: Andreas verbarg seine Gefühle hinter einer Maske der Gleichgültigkeit. Er wollte nicht zugeben, daß die Angst um Verenas Leben ihn fast um den Verstand gebracht hatte.

»Aber Sie tun es«, sagte Doktor Frank.

»Wie? Was?«

»Sie machen sich Sorgen um Verena Köllner. Alles andere wäre ja auch völlig unverständlich.«

»Weil sie mir mal was bedeutet hat, meinen Sie?«

»Nein, weil Sie sie lieben.«

Andreas schluckte und wollte widersprechen. Doch er bekam keinen Laut über die Lippen.

Doktor Frank verließ das Zimmer, um sich nach dem Verlauf der Operation zu erkundigen. Der Motorradfahrer war außer Lebensgefahr. Auch Verena hatte alles gut überstanden. Doch mochte zu diesem Zeitpunkt niemand die Garantie dafür übernehmen, daß sie die Nacht überleben würde. Und selbst wenn sie das schaffte, konnte es während der nächsten Tage noch immer zu tödlichen Komplikationen kommen.

Anton Köllner hatte sich gefangen. Er wußte jetzt, wie es um seine Tochter stand, die vom Operationssaal zur Intensivstation gebracht worden war. Durch eine große Glasscheibe konnte er sie beobachten. Sie bewegte sich nicht, ihre Augen waren geschlossen.

»Ihr Leben ist in Gottes Hand«, murmelte er, als Doktor Frank neben ihm stand. »Ob ich versuchen sollte, für sie zu beten? Ich hatte seit dem Tod meiner Frau nichts mehr mit dem da oben zu tun.«

Doktor Frank versuchte, dem verzweifelten Mann ein wenig Mut zuzusprechen. Dann erinnerte er sich an den eigentlichen Grund seines Besuchs in der Waldner-Klinik und ging zu Frau Dorn. »Endlich!« seufzte sie. »Herr Doktor, Sie müssen mir helfen!«

»Was kann ich tun, Frau Dorn?«

»Sagen Sie Ihren Kollegen bitte, daß ich mich anders besonnen habe. Ich will, daß man mir die Gebärmutter entfernt.«

Eine Entscheidung, die Doktor Frank guthieß. Er lächelte. »Das hätten Sie meinen Kollegen doch auch selbst sagen können.«

»Ja, sicher. Aber ich möchte nicht für wankelmütig gehalten werden. – Können Sie nicht einfach sagen, daß wir noch einmal alles durchgesprochen und Sie mich überzeugt haben?«

Zur selben Zeit wurde in der Villa der Kellermanns ein Beschluß gefaßt. Es war Frau Kellermann, die den Anstoß gegeben hatte, und zwar mit der düsteren Prophezeiung:

»Die Geschichte mit der kleinen Köllner ist noch nicht ausgestanden. Andreas kann es sich jeden Tag anders überlegen. Ich bin sicher, daß er schon darüber nachdenkt.«

»Was können wir tun?« hatte ihr Mann gefragt.

Eine lange Diskussion blieb ohne greifbares Ergebnis. Bis Henriette plötzlich die Erleuchtung kam. Ihr Gesicht hellte sich auf: »Barbara Vesper!«

»Barbara Vesper?« wiederholte Hubert stirnrunzelnd, ohne gleich zu begreifen.

»Weißt du denn nicht mehr, wie verknallt er in das Mädchen war?«

»Doch. Aber da war er selbst noch ein halbes Kind.«

»Na und? Barbara hat damals jedenfalls auch ganz enorm für unseren Andreas geschwärmt. Warum soll daraus nicht noch einmal etwas werden? Barbara wäre jedenfalls eine Schwiegertochter ganz nach meinem Geschmack.«

»Gegen die hätte ich auch nichts einzuwenden. Aber es hat doch keinen Sinn, Luftschlösser zu bauen. Wer weiß, was aus Barbara geworden ist und ob sie nicht längst . . .«

Henriette fiel ihrem Mann ins Wort: »Barbara ist in Grünwald. Sie ist bei ihrer Tante zu Besuch.«

»Bei Betty Hangen?«

»Ja. Und Betty hat mir erzählt, daß Barbara sich gleich

nach der Ankunft nach Andreas erkundigt hat.«

Noch am selben Abend wurden Kontakte geknüpft. Die Kellermanns hatten es plötzlich sehr eilig. Als sich herausstellte, daß Barbara tatsächlich noch viel für Andreas empfand und ihn ohnehin am nächsten Tag hatte besuchen wollen, blickten Henriette und Hubert sich triumphierend an.

»Wir müssen Nägel mit Köpfen machen«, erklärte Hubert auf dem Heimweg.

»Das beste wäre, die beiden verlobten sich sofort.«

»Wie willst du das denn bewerkstelligen? Wir können nicht handeln, ohne uns mit Barbaras Eltern einig zu sein.«

»Ich denke ja auch nur an eine provisorische Verlobung, sozusagen. Die Feier holen wir nach, sobald alles geklärt und Andreas aus der Klinik entlassen ist.«

»Schwester . . .«

»Ja, Herr Kellermann?« Die Stationsschwester, schon an der Tür, drehte sich um und sah den Patienten an.

»Die beiden Unfallopfer von gestern: Wie geht es denen?«

»Besser, soviel ich weiß.«

»Besteht noch Lebensgefahr?«

»Für Herrn Schuster ganz sicher nicht.«

Andreas richtete sich ruckartig auf. »Und Verena? Fräulein Köllner?«

»Machen Sie sich keine Sorgen, Herr Kellermann. Ich bin sicher, daß alles gut werden wird.«

Eine Auskunft, mit der Andreas sich natürlich nicht zufrieden gab, die, im Gegenteil, seine Unruhe noch steigerte. Er wußte, daß Verena noch auf der Intensivstation lag.

Wann Doktor Frank wohl wieder zu ihm kommen würde? Mit dem konnte er noch am ehesten offen über alles reden. Und Stefan Frank würde ihn ganz bestimmt nicht mit irgendwelchen Floskeln abspeisen.

Eine Viertelstunde später stand Andreas auf. Er fühlte sich schwach. Ihm wurde schwindlig, so daß er sich noch einmal auf die Bettkante setzen mußte, nachdem er seinen Bademantel übergezogen hatte.

Werde ich je wieder ganz gesund sein? fragte er sich unwillkürlich. Momentan fühlte er sich weiter davon entfernt denn je. Und in seinem Magen machten sich schon wieder die von den Magengeschwüren verursachten Schmerzen bemerkbar.

Auf dem Flur fragte die hübsche junge Schwester, deren Namen er sich nicht merken konnte:

»Na, Herr Kellermann, vertreten Sie sich die Beine ein wenig?«

»Ja. Es muß sein.« Er lächelte unter Schmerzen.

Die Schwester nickte. »Tun Sie das nur, auch wenn's schwerfällt. Doktor Büttner sagt immer: Man muß den inneren Schweinehund überwinden.«

Andreas verzichtete auf den Lift und benutzte die Treppe, auch wenn das zusätzliche Anstrengung bedeutete. Vielleicht zwang ihm die Furcht vor dem, was er sehen würde, die Begegnung hinauszuzögern? Wenn es so war, war ihm das jedoch nicht bewußt.

Ein Schild untersagte das Betreten der Intensivstation ohne ausdrückliche Erlaubnis. Das war eine Maßnahme, deren Notwendigkeit Andreas durchaus einsah. Er setzte sich trotzdem über das Verbot hinweg. Gleich darauf hatte er Verena hinter der großen Glasscheibe entdeckt, die ihn jetzt noch vom inneren Bezirk der Intensivstation trennte.

Ein Messer schnitt mitten in sein Herz, das bis zum Hals klopfte. Er vermochte kaum zu atmen. Unverwandt war sein Blick auf die bleiche junge Frau gerichtet, die da lag, scheinbar nichts als ein Anhängsel von Schläuchen und Kabeln, die zu gespenstischen Apparaten führten. Lichtpunkte huschten über Bildschirme. Gummimanschetten hoben und senkten sich in gleichbleibendem Rhythmus. Die dicke Glasscheibe schluckte die Geräusche der Maschinen und Geräte, doch Andreas glaubte, sie trotzdem zu hören.

»Was machen Sie denn hier?« fragte eine strenge Frauenstimme.

Andreas reagierte nicht, bis die Krankenschwester ihm auf die Schulter tippte. Da drehte er sich um. Sein Blick war vollkommen leer, das Gesicht verzerrt.

Die Schwester sah zwischen ihm und der jungen Frau jenseits der Glasscheibe hin und her. Ihre Stimme bekam einen weicheren Klang: »Kennen Sie Fräulein Köllner?«

Andreas nickte.

»Sie sind Patient, nicht wahr? Auf welcher Station ist Ihr Zimmer?«

Mechanisch antwortete Andreas. Die Schwester brachte ihn zurück und sagte zu ihrer Kollegin, die Andreas auf der Station in Empfang nahm: »Er macht einen völlig verwirrten Eindruck. Ich würde fast sagen, er steht unter einem leichten Schock.«

Minuten nach Andreas' Besuch auf der Intensivstation trat Anton ein. Er war diesmal in Begleitung von Richard Laibach, mit dem er am vergangenen Abend noch spät telefoniert hatte.

Die Ereignisse hatten nicht nur Anton, sie hatten auch Richard spürbar und sichtbar zugesetzt. Beide waren bleich und wirkten übernächtigt.

»Die Gesichtsverletzungen sind nicht schlimm, sagen die Ärzte.« Anton flüsterte, als hätte er Angst, von seiner Tochter gehört zu werden.

»Mein Gott«, murmelte Richard. »Ich könnte schreien vor Qual und vor Zorn.« War nicht letzten Endes alles seine Schuld? Hätte er den Mund gehalten, hätten Verena und der junge Kellermann sich nicht getrennt. Ohne die Aufregungen wäre Andreas Kellermann vermutlich nicht in die Klinik gekommen. Verena hätte keinen Grund gehabt herzukommen – und wäre nicht von dem Motorrad angefahren worden.

Je heftiger Richard sich gegen solche Überlegungen wehrte, desto hartnäckiger nisteten sie sich in seinem Kopf ein und verdrängten nach und nach jeden anderen Gedanken.

Doktor Gisela Herwart, Assistentin von Doktor Ruth Waldner, die den beiden Männern erlaubt hatte, die Intensivstation zu betreten, trat jetzt an Verenas Bett. Sie kontrollierte verschiedene Anzeigegeräte.

Anton versuchte, aus ihrer Haltung, ihren Bewegungen und dem Ausdruck ihres Gesichts – wenn er es für wenige Augenblicke von vorn oder im Profil sah – Schlüsse zu ziehen. Ein vergebliches Unterfangen.

Doktor Herwart kam jedoch wenig später in den Vorraum heraus und brachte eine halbwegs beruhigende Nachricht:

»Der Zustand Ihrer Tochter hat sich leicht gebessert, Herr Köllner. Der Kreislauf ist stabiler als noch heute früh.«

»Ist sie über den Berg? Besteht keine Gefahr mehr für ihr Leben?« fragte Anton mit gepreßt klingender Stimme.

Die Ärztin runzelte die Stirn:

»Wir wollen hoffen, daß es nicht noch zu Komplikationen kommt. Wir tun alles, um das zu verhindern.«

Ein Seufzer kam tief aus Antons Brust. »Das hat man mir auch gestern gesagt«, murmelte er.

»Aber gestern abend und auch noch heute früh war die Situation bedrohlicher. Sie hat sich wirklich gebessert, Herr Köllner.«

Anton weigerte sich, die Klinik zu verlassen. Aus Freundschaft und Sorge, auch um sein schlechtes Gewissen zu besänftigen, blieb Richard bei ihm. Sie saßen in einem Aufenthaltsraum in der Nähe der Intensivstation und warteten darauf, daß etwas geschah. Wenn Verena doch nur endlich einmal aufwachen würde!

Sie saßen noch da, als Doktor Frank kam. Er war bereits telefonisch davon verständigt worden, daß es Frau Dorn nach ihrem Eingriff den Verhältnissen entsprechend gut ging. Er wollte nach ihr und auch nach Andreas sehen, sich zuerst jedoch ein Bild von Verena Köllners Zustand machen.

Stefan Frank endeckte die beiden Männer und dachte spontan: Das heulende Elend in zweifacher Ausfertigung.

Das Mädchen lächelte verlegen, als es das Krankenzimmer betrat. Um ein Haar hätte Henriette sie kräftig hineingeschoben.

Andreas blickte überrascht auf. Er murmelte:

»Was ist das denn für eine Invasion?« Sehr erfreut schien er nicht zu sein.

»Sieh, wen wir mitbringen!« Seine Mutter strahlte über das ganze Gesicht. »Das hättest du nicht gedacht, wie? Barbara weilt zur Zeit bei ihrer Tante, und als sie hörte, daß du hier liegst, hat sie sofort beschlossen, dich zu besuchen.«

Hubert räusperte sich, um seine Frau zu bremsen. Er hielt sich im Hintergrund und hatte bis jetzt noch gar nichts gesagt.

»Hallo, Andy. Was machst du denn für Geschichten?« Barbara trat an sein Bett und reichte ihm die Hand.

»Grüß dich, Barbara. Du hast dich verändert.«

»Ich bin erwachsen geworden«, sagte sie lächelnd. »Hättest du mich etwa nicht erkannt, wenn wir uns auf der Straße begegnet wären?«

»Ich weiß nicht.« Vor allem interessierte es ihn nicht. Aber das behielt Andreas natürlich für sich. Es gab keinen Grund, unfreundlich zu Barbara zu sein.

Henriette konnte ihre Unruhe nur schlecht verbergen. Ihr Blick ging unablässig zwischen den Gesichtern der beiden jungen Leute hin und her. Sie hielt sich einiges auf ihre Menschenkenntnis und Lebenserfahrung zugute und war überzeugt, daß sie sofort merken würde, wenn der Funke übersprang.

Hubert beobachtete seine Frau und war unzufrieden. Henriette würde den Jungen mißtrauisch machen und alles verderben. Hubert wußte, falls Andreas merkte, was gespielt wurde, würde er es ablehnen mitzuspielen. Aber er wußte auch, daß er nicht die Macht besaß, Henriette zu bremsen.

»So, jetzt müsen wir euch für eine Weile allein lassen«, erklärte Henriette plötzlich. »Hubert und ich haben nämlich noch etwas zu erledigen. Wir kommen dann nachher wieder und holen dich ab, Barbara.«

Das sei nicht nötig, meinte die junge Frau, sie könne doch ein Taxi nehmen. Davon wollte Henriette jedoch nichts wissen.

Auf dem Weg nach draußen erkundigte sie sich: »Warum sagst du nichts, Hubert? Du hast auch eben kaum ein Wort gesagt.«

»Dafür hast du umso mehr geredet«, brummte ihr Mann.

»Ist das ein Vorwurf?«

Hubert beantwortete die Frage nicht direkt. »Andreas und Barbara müssen alleine und von selbst zueinander finden. Jede Einmischung von außen wäre ein Fehler.«

Henriette widersprach spontan und nachdrücklich: »Also nein! Das sehe ich absolut anders. Ohne unsere Hilfestellung wird aus den beiden womöglich nie ein Paar. Und, wer weiß, am Ende läßt Andreas sich doch noch von dieser . . . dieser . . .« Von dieser Verena herumkriegen, hatte Henriette sagen wollen. Der Rest des Satzes blieb ihr jedoch im Hals stecken, denn sie hatte Anton Köllner entdeckt. Mit einer Kopfbewegung machte sie ihren Mann auf den Maler aufmerksam. Dann fragte sie flüsternd: »Was hat das wohl zu bedeuten?«

»Keine Ahnung. Er wird einen Krankenbesuch machen.«

»Bei Andreas?«

Beide blieben stehen und sahen Anton nach, der im Englischen Garten Luft geschnappt hatte und jetzt zurückkehrte, um weiter darauf zu warten, daß er die Hand seiner Tochter halten und mit ihr reden konnte.

»Was hast du vor?« fragte Hubert, als seine Frau sich wieder in Bewegung setzte.

»Ich muß wissen, was er beabsichtigt.«

»Falls er zu Andreas will, kannst du ihn nicht davon abhalten.«

»Das werden wir sehen«, erwiderte Henriette kampflustig.

Kopfschüttelnd blickte Hubert ihr nach. Er dachte nicht daran, hinter Anton Köllner herzulaufen.

Henriette kam etwa zehn Minuten später zurück. Sie machte einen abwesenden Eindruck.

»Was gibt es?« fragte Hubert ungeduldig.

»Seine Tochter«, sagte Henriette nur.

»Was ist mit ihr?«

»Sie liegt hier in der Klinik. Intensivstation. Ich habe mit einer der Schwestern gesprochen. Sie hatte einen schweren Unfall. Man weiß noch nicht, ob sie durchkommen wird.«

»Oh, nein«, erwiderte Hubert betroffen. »Nein, bitte nicht so! Das wäre eine Lösung, an der der Junge und wir alle ewig zu tragen hätten.«

Henriette drehte den Kopf zur Seite, weil sie ihren

Mann nicht anschauen mochte. Sie hatte nämlich gerade darüber nachgedacht, welche Konsequenzen der Tod der jungen Frau hätte.

Andreas und Barbara führten unterdessen eine ziemlich einseitige Unterhaltung. Einseitig deshalb, weil fast nur Barbara redete und Andreas allenfalls hier und da nickte oder ein einzelnes Wort einwarf. Thema war die »alte Zeit«, als sie sich kennengelernt hatten. Barbara war damals ziemlich oft in Grünwald gewesen.

»Was hast du, Andy?« fragte sie plötzlich.

Er blieb die Antwort schuldig, sah sie nur schweigend an.

»Geht es dir so schlecht – oder gehe ich dir auf die Nerven?«

»Ich habe Sorgen, Barbara.«

»Ja, ich weiß. Deine Eltern haben es mir gesagt: Die Magengeschwüre sprechen nicht auf die Behandlung an.«

»Das ist es nicht.«

»Was denn sonst?«

Er erzählte ihr alles von Verena. Von ihrem Unfall. Und daß sie ein Paar gewesen waren. Er begann am Ende und arbeitete sich allmählich in die Vergangenheit vor.

Barbara hörte schweigend zu. Sie begriff nicht alles – was auch gar nicht möglich war, weil Andreas wesentliche Details aussparte. Eines jedoch begriff sie: Andreas liebte eine andere. Eine, gegen die sie keine Chance hatte.

Als Henriette und Hubert zurückkamen, trafen sie nur noch ihren Sohn an.

»Wo ist Barbara?« erkundigte Henriette sich. »Schnappt sie frische Luft?«

»Barbara ist zu ihrer Tante gefahren.«

»Aber wieso denn? Wir hatten doch ausgemacht, daß wir sie abholen!«

Andreas zuckte nur die Schultern. Er sah seine Mutter nicht an. Die suchte Hilfe bei ihrem Mann. Doch was hätte er sagen können? Offenbar war der Versuch, Andreas zu einer passenden Braut zu verhelfen, schon in der ersten Etappe gescheitert.

10

»Doktor Frank!« Der Seufzer, der diese beiden Wörter begleitete, verriet grenzenlose Erleichterung. »Endlich! Ich hab' schon nicht mehr geglaubt, daß Sie heute noch kommen.«

»Was gibt's denn, Andreas?«

»Ich habe Angst.« Das Geständnis kostete ihn seltsamerweise nicht die geringste Überwindung.

»Wovor fürchten Sie sich?« wollte der Arzt wissen.

»Ich habe Angst um Verena. Wenn sie an den Unfallfolgen stirbt, dann – weiß ich nicht, was aus mir wird.«

Doktor Frank setzte sich. Nicht nur die Worte klangen in seinem Kopf nach. Er analysierte Andreas' ganze Haltung, seinen Ausdruck, seine spürbar starke Unruhe. Macht sich da nur das schlechte Gewissen bemerkbar? überlegte er.

»Sie tragen keine Schuld an Verena Köllners Unfall, Andreas.« Der Satz stellte gewissermaßen einen Versuchsballon dar. Wie würde Andreas reagieren?

»Vielleicht nicht, vielleicht doch«, erwiderte Andreas. »Aber das ist doch nicht die Frage!«

»Sondern?«

Andreas ließ sich zurücksinken. Er blickte Doktor Frank an, als müsse er zunächst gründlich über die Antwort nachdenken.

»Ich habe nie in meinem Leben solche furchtbare

Angst gehabt«, verriet er leise. »Sie füllt mich vollkommen aus. Aber diese Angst hat mir auch etwas klargemacht.«

»Was, Andreas? Was hat sie Ihnen klargemacht?« fragte Stefan Frank, obwohl er die Antwort ahnte.

»Daß ich Verena liebe.«

»Ist es wirklich Liebe?«

»Ja, es ist Liebe!«

»Noch vor kurzer Zeit haben Sie es abgelehnt, Verena zu sehen, mit ihr zu sprechen«, erinnerte der Arzt ihn.

»Ja, ja, ich weiß. Und es ist schlimm, daß sie erst verunglücken mußte, damit mir die Augen aufgingen. Wenn ich es ändern könnte, ich würde alles dafür geben.«

»Hm.« Doktor Frank setzte seine Skepsis ganz bewußt ein, um zu erreichen, daß Andreas noch mehr aus sich herausging.

»Sie glauben mir nicht?«

»Ich frage mich, in welchem Licht Sie Verenas Lüge heute sehen.«

»Ach, das!« winkte Andreas ab. »Das ist doch gar nicht wichtig!«

»Sie meinen: Momentan betrachten Sie diese Lüge als eine Nebensache?«

»Ich werde sie künftig weder erwähnen noch daran denken«, erklärte Andreas.

»Da haben Sie sich aber viel vorgenommen. Vielleicht zuviel.«

Andreas starrte den Arzt an. In seinem Gesicht mischten sich Ratlosigkeit, Ärger und die Bitte um Beistand. Seine Stimme klang unsicher: »Wenn ich Verena doch wirklich von ganzem Herzen liebe, woran für mich kein Zweifel mehr besteht, sollte es nicht sehr schwer sein, über diese Geschichte hinwegzusehen.«

»Und sie zu lassen, wie sie ist?« fragte Stefan Frank.

»Wie meinen Sie das?«

»Ich sehe diese Geschichte als eine Art Stolperstein, Andreas. Wenn Sie den einfach liegenlassen, werden Sie irgendwann darüber fallen.«

»Ach so. Sie meinen, ich sollte versuchen, ihn wegzuräumen.«

»Genau.«

»Aber wie?«

»Indem Sie mit Verena über alles sprechen. So lange und gründlich, bis es zwischen Ihnen auch nicht mehr die geringste Unklarheit gibt.«

»Wie gern würde ich das tun!« seufzte Andreas. »Aber wann wird Verena in der Lage sein, mich anzuhören?« Ganz hinten in seinem Kopf rumorte die andere Frage: Wird es überhaupt dazu kommen?

»Vielleicht schon bald«, antwortete Doktor Frank.

Andreas richtete sich ruckartig auf.

»Dann geht es Verena also besser? Ist sie außer Gefahr?«

»Noch nicht. Aber sie war heute längere Zeit bei Bewußtsein. Wenn es ihr morgen so gut geht wie heute, kann sie die Intensivstation verlassen. Dann dürfte die Gefahr endgültig vorbei sein.«

Über Andreas' Wangen rannen zwei Tränen. Er schüttelte nur den Kopf, um auszudrücken, daß er keine Worte fand. Die gute Nachricht machte ihn sprachlos. Und das gleich für eine ganze Weile.

»Als Verena damals behauptet hat, die Geschichte mit Richard Laibach sei nur reine Freundschaft gewesen«, begann er dann, jedes Wort bedenkend, »da konnte sie eigentlich gar nicht anders. Nicht wahr?«

Doktor Frank sah ihn nur an und machte eine Geste, die den jungen Mann zum Weiterreden aufforderte.

»Ich hatte sie in die Enge getrieben mit meiner Eifersucht. Ich hab' sie ja praktisch zu der Lüge gezwungen!« Er schlug sich mit der flachen Hand vor die Stirn. »Mein Gott, was bin ich für ein Idiot gewesen!«

»Bei Gelegenheit benimmt sich jeder von uns mal weniger klug, Andreas. Warum sollten ausgerechnet Sie da eine Ausnahme machen?«

»Weniger klug?« Andreas wiederholte: »Wie ein Idiot!«

»Wenn Sie darauf bestehen . . .«

»Doktor Frank, glauben Sie, daß Verena mir verzeihen wird?«

»Diese Frage müssen Sie ihr schon selbst stellen.« Auf dem Gesicht des Arztes machte sich jedoch ein erleichtertes Lächeln breit.

»Ob sie mich noch liebt?« fragte Andreas jetzt. Er machte immer noch einen sehr besorgten Eindruck.

Doktor Frank suchte auch noch Frau Dorn auf. Als er eintrat, winkte sie ihm zu und lachte vergnügt.

»Hallo! Sie sind ja heute geradezu übermütig!« stellte der Arzt fest.

»Dazu hab' ich ja auch allen Grund, Herr Doktor. So gut wie jetzt hab' ich mich nicht mehr gefühlt, seit ich ein junges Mädchen gewesen bin.«

»Das freut mich sehr.« Doktor Frank wußte, daß die Euphorie nicht anhalten würde. Vor der Patientin lag noch manches Tief, durch das sie hindurch mußte. Doch das gegenwärtige Hochgefühl trug sicher zu einer raschen Genesung bei.

»Ich habe die richtige Entscheidung getroffen, nicht wahr?« fragte Frau Dorn.

»Ganz sicher.«

»Endlich ohne Beschwerden! Ohne Schmerzen! Es wird ein ganz neues Leben werden, Herr Doktor.«

»Ich wünsche es Ihnen von Herzen, Frau Dorn.«

Sie wechselte plötzlich das Thema und erkundigte sich in vertraulichem Ton nach Verena Köllner und Andreas Kellermann. Die beiden – Frank wußte es bereits – waren derzeit Grünwalds beliebtester Gesprächsstoff.

Verena fühlte sich immer noch völlig schwach und hilflos. Doch was spielte das jetzt für eine Rolle? Andreas saß neben ihrem Bett. Ein blasser Andreas, mit tief in den Höhlen liegenden Augen. Ein kranker Andreas, der sich hin und wieder unwillkürlich zusammenkrümmte, wenn die Magenschmerzen ihn überfielen.

Es ging ihnen beiden nicht gut, was die körperliche Gesundheit betraf. Aber Schwäche und Schmerzen hatten ihre Bedeutung verloren, waren durch die Liebe besiegt. »Ich möchte, daß wir heiraten, Verena.«

»Wirklich?« Sie konnte schon wieder kokett sein, wenn auch nur ein ganz klein wenig.

»So bald wie möglich, mein Liebling.«

Wieder ernst, stellte Verena die Frage: »Aber deine Eltern – was werden sie sagen?«

»Nichts.«

»Nichts?« fragte sie überrascht.

»Weil sie nichts zu sagen haben. Unsere Liebe und unsere Heirat gehen nur dich und mich etwas an.«

Verena schüttelte den Kopf. »Nein, das ist nicht wahr, Andy. Deine Eltern und meinen Vater geht das schon auch etwas an. Schließlich verdanken wir ihnen unser Leben.«

»Stimmt«, gab Andreas nach. »Aber gestalten werden wir es selbst, unser Leben. Einmischen darf sich da niemand mehr.«

Die Stationsschwester kam herein. Sie lächelte verständnisvoll, aber sie mußte ihre Pflicht ausüben.

»Die halbe Stunde ist längst vorüber, Herr Kellermann.«

»Wirklich? Ich bin doch eben erst gekommen.« Andreas stand auf, beugte sich über das Bett und gab Verena einen letzten Kuß. »Schlaf gut, mein Liebling.«

»Wann sehe ich dich wieder?«

»Wenn du ausgeschlafen hast.« Er deutete auf das Telefon neben dem Bett: »Anruf genügt!«

»Wirst du auch schlafen?«

»Mal sehen. Ich bin gar nicht müde. Erst werde ich einmal brav meine Medizin nehmen, und dann sehen wir weiter.«

»Bis nacher, Andy.«

»Bis dann, Rena.«

Als Andreas später die Hand auf die Klinke seiner Zimmertür legte, hatte sein Gesicht noch immer den liebevollen, zärtlichen Ausdruck wie beim Abschied von Verena. Dann, als er die Tür geöffnet hatte, änderte sich das schlagartig.

»Wo warst du denn?« fragte Hubert.

»Niemand konnte uns sagen, wo du steckst!« setzte Henriette aufgeregt hinzu.

»Ich konnte ja nicht wissen, daß ihr mich um diese Zeit besuchen kommt.« Er streifte seinen Bademantel ab und legte sich ins Bett. Dabei spürte er, auch ohne hinzusehen, daß sein Vater keinen Blick von ihm wandte.

»Ich war bei Verena.« Er lächelte seine Eltern an. Ihr werdet euch daran gewöhnen, dachte er. Nun macht bloß nicht so zitronensaure Gesichter.

»Du hast ihr einen Höflichkeitsbesuch gemacht, nehme ich an«, fand Henriette nach einer Schrecksekunde als erste die Sprache wieder. »Sie soll ja auf dem Wege der Besserung sein.«

»Das ist sie«, nickte Andreas. »Aber einen Höflichkeitsbesuch habe ich ihr ganz bestimmt nicht abgestattet.« Er lachte.

»Geht es dir besser?« suchte Henriette das leidige Thema zu beenden.

»Wie man's nimmt. Ich spüre die verflixten Magengeschwüre nach wie vor, aber ich nehme sie nicht mehr so ernst.«

»Was soll das denn heißen?« Hubert runzelte die Stirn.

»Vielleicht verabschieden sie sich eher, wenn sie begreifen, daß sie mir herzlich gleichgültig sind.«

»Wovon spricht er?« wollte Henriette wissen. Sie sah ihren Mann an.

»Von seinen Magengeschwüren«, knurrte Hubert. Und an seinen Sohn gewandt: »Du benimmst dich ziemlich albern.«

»Vielleicht ist das eine neue Therapie?«

Hubert rückte einen Stuhl für seine Frau zurecht; er selbst nahm ziemlich umständlich Platz. Andreas dachte amüsiert: Das ist einer seiner kleinen Tricks. Immer wenn er Zeit gewinnen will, spielt er den Umständlichen. Ob ihm das selbst überhaupt bewußt ist?

»Vielleicht ist es doch besser, wenn du dich operieren läßt«, meinte Hubert.

»Nein.«

»Wie lange willst du denn noch hier in der Klinik bleiben? Du verlierst wahrscheinlich ein ganzes Semester, und in deinem Betrieb . . .«

»In deinem Betrieb, Vater. Ich habe ihn nur geleitet.«

»Das tust du immer noch, wenn ich nicht irre.«

»Da wir gerade davon sprechen: Ich möchte, daß du jemanden einstellst, der meine Arbeit übernimmt.«

»Und du? Was hast du vor?« fragte Henriette nervös.

»Ich konzentriere mich erst einmal auf mein Studium. Ja, und auf mein Privatleben.«

Weder Hubert noch Henriette sagten hierauf ein einziges Wort.

Beide ahnten, worauf die Erklärung ihres Sohnes abzielte, doch sie wollten es nicht wahrhaben.

»Damit klare Verhältnisse herrschen: Mama, Papa, Verena und ich werden heiraten, sobald wir uns beide erholt haben. Ich hoffe, daß das nicht mehr allzu lange dauert. Und außerdem hoffe ich, daß ihr eure Schwiegertochter mit offenen Armen aufnehmen werdet.«

»Aufnehmen?« war alles, was Henriette herausbrachte. »Sie soll bei uns wohnen?«

»Nein, natürlich nicht. Zwei Generationen unter einem Dach, das geht bekanntlich nie gut. Verena und ich werden eine kleine Wohnung nehmen.« Er lächelte vollkommen unbefangen. »Solange wir nur zu zweit sind, brauchen wir ja kein ganzes Haus.«

»Hubert!« Henriette klang ausgesprochen hilflos. Sie sah ihren Mann an, er sollte sich mit Andreas auseinandersetzen.

Doch im Moment wußte auch Hubert nichts zu sagen.

Zwei Wochen später konnte Verena die Waldner-Klinik verlassen. Die einzige sichtbare Spur ihres Unfalls war die Narbe der Notoperation.

Doch die war so sorgfältig ausgeführt, daß sich schon bald nur noch eine dünne rötliche Linie über ihren Bauch zog.

Bevor Verena ging, suchte sie Herrn Schuster noch einmal auf, den unglücklichen Motorradfahrer. Vor der Polizei hatte er zugegeben, daß er zu schnell gefahren war. Doch Verena traf eine Mitschuld. Sie war unachtsam gewesen.

»Ich muß noch eine Woche bleiben«, erklärte der Mann. »Aber mir geht's schon wieder ganz gut.«

An der Tür vor Schusters Zimmer wartete Andreas. Er hatte sich angezogen, um Verena zum Wagen zu begleiten.

»Besuchst du mich gelegentlich mal?« erkundigte er sich unterwegs mit todernstem Gesicht.

»Vielleicht«, gab sie ebenso ernst zurück. »Falls ich daran denke.«

»Du!!!«

Verena mußte lachen. Sie umarmte Andreas und

küßte ihn, ohne die neugierigen, amüsierten Blicke, die ihnen galten, zur Kenntnis zu nehmen.

Noch atemlos von dem Kuß, erinnerte sie ihn daran:

»Nur noch zwei Tage, dann hole ich dich von hier ab.«

»Aber nur, wenn die Untersuchungsergebnisse und die Labortests so gut ausfallen, wie die Ärzte es jetzt erwarten.«

»Doktor Frank rechnet fest damit.«

»Und er hat ganz bestimmt recht! Doktor Frank ist ein so wunderbarer Mensch.«

»Er ist auch ein hervorragender Arzt«, gab Andreas zurück. »Aber ich lege keinen Wert darauf, daß meine künftige Frau so von ihm schwärmt.« Er brachte es fertig, dabei ganz ernst zu bleiben.

Anton, der überglücklich war, daß er seine Tochter wieder mit nach Hause nehmen konnte, ging draußen auf und ab. Das von ihm bestellte Taxi stand schon bereit.

Als Anton seine Tochter am Portal sah, lächelte er und eilte auf sie zu:

»Ich bin ja so froh, daß du endlich nach Hause kommst, Rena! Es war furchtbar trist ohne dich.«

Diese Rückkehr wird nicht für lange sein, dachte Andreas. Er räusperte sich und hielt in aller Form um Verenas Hand an.

»Ach, sowas gibt's noch?« fragte Anton. »Ich dachte, Heiratsanträge an den Vater wären total aus der Mode.« Er lachte und fügte trocken hinzu: »Und dann noch auf der Straße.«

»Vater, du versuchst doch nicht etwa, dich vor einer Antwort zu drücken?« fragte Verena.

Anton griff nach ihrer Hand. Das Lachen war spürbarer Rührung gewichen.

»Andreas. Junge.«

Andreas nahm die andere ausgestreckte Hand von

Verenas Vater. Ohne ein Wort fügte Anton die Hände seiner Tochter und seines zukünftigen Schwiegersohnes ineinander.

Etwa vierzehn Tage später, an einem Freitagnachmittag, saßen drei Menschen im ersten Stockwerk des Arzthauses an der Grünwalder Gartenstraße beisammen: Doktor Frank, Verena Köllner und Andreas Kellermann.

Andreas und Verena sahen sich an. Beide strahlten vor Glück. Auslöser dieser Gefühle war etwas, das der Arzt gerade gesagt hatte.

»Ist es sicher?« wollte Andreas wissen.

»Ganz sicher«, bestätigte Doktor Frank.

»Ich muß nicht unters Messer«, murmelte Andreas. »Die Therapie hat doch noch angeschlagen.«

»Oh, Andy! Ich bin so froh!«

»Was wird denn nun aus den Magengeschwüren?« fragte Andreas, an Doktor Frank gewandt.

»Seit Sie Ihr seelisches Gleichgewicht wiedergefunden haben, wirkt die medikamentöse Behandlung in einem geradezu atemraubenden Tempo. Nicht mehr lange, und Ihr Magen wird vollkommen gesund sein. Natürlich müssen Sie die Medikamente vorerst weiter einnehmen. Und die Diät einhalten.«

»Wenn es weiter nichts ist!«

Doktor Frank sah lächelnd zu, wie Verena und Andreas sich umarmten.

»Wie stehen denn Ihre Eltern jetzt zu Ihren gemeinsamen Plänen?« erkundigte er sich kurz darauf.

»Was soll ich sagen, Doktor Frank? Im Augenblick sind Mama und Papa lammfromm.«

Verena protestierte: »Das klingt ausgesprochen unfreundlich! Du mußt deinen Eltern eine Chance geben. Eine richtige, echte Chance!«

Andreas zuckte mit den Achseln und grinste unsicher.

»Habe ich nicht recht, Doktor Frank?« wandte Verena sich an den Arzt.

»Geben Sie ihnen beide eine Chance«, schlug der Arzt vor.

»Verena fällt das offenbar leichter als mir«, sagte Andreas. »Ist sie nicht wunderbar?«

»Ich bin nicht wunderbar, ich bin ganz normal«, antwortete Verena eilig.

»Für mich bist du jedenfalls das große Los, Rena.«

Es ist, als wäre ich gar nicht anwesend, dachte Stefan Frank. Was für eine wundervolle Sache ist doch die Liebe. Es gibt sie in so vielen verschiedenen Erscheinungsformen, aber nichts kommt der grenzenlosen Liebe eines jungen Paares gleich. In ihr wohnt eine Kraft, die Berge versetzen kann.

Er machte sich keine Sorgen mehr um die Zukunft der beiden. Ganz gleich, wie die alten Kellermanns sich zukünftig verhalten würden, dem Glück dieser beiden würden weder sie noch irgendwer sonst etwas anhaben können.

Es ist sehr leicht und sehr schön, ging es dem Arzt durch den Kopf, mit glücklich Liebenden glücklich zu sein.

ENDE